憑き狂い
現代怪談アンソロジー

岩井志麻子
蛙坂須美
雨宮淳司
牛抱せん夏
クダマツヒロシ
Coco
郷内心瞳
神 薫
響 洋平
冨士玉目

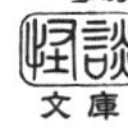

現代怪談アンソロジー

憑き狂い

目次

蛙坂須美

おれ憑き 14
犬壺騒動 17
餓鬼湯 24

クダマツヒロシ

犬として生きる　36
獅子舞　40
ストーンヘンジ　44
長靴　46

冨士玉目

フジミくん 52

にげろ 57

わたしはわたし 62

神社にて 66

響洋平

集落の掟 72

高専の寮 84

神 薫

蛇憑き 94
気持ちのいい部屋 98
死んでも読みたい 102
赤ちゃん人形 104
嫌煙家 110

雨宮淳司

剃刀(かみそり)憑き 116

牛抱せん夏

穴二つ 138

母のハイヒール 146

立ち人形 149

Coco

憑依型アクター　154
狂い咲き　159
犬神憑き？　165
石櫃（せきひつ）　169
狐の祠　171

岩井志麻子

ヤドカリとヒトカリ　176
永遠の短い眠り　181
虎になったおじいちゃん　186
緑のショコラおじさん　191
人豚小屋　196

郷内心瞳

実録憑依譚

202

※本書は体験者および関係者に実際に取材した内容をもとに書き綴られた怪談集です。体験者の記憶と主観のもとに再現されたものであり、掲載するすべてを事実と認定するものではございません。あらかじめご了承ください。
※本書に登場する人物名は、様々な事情を考慮してすべて仮名にしてあります。また、作中に登場する体験者の記憶と体験当時の世相を鑑み、極力当時の様相を再現するよう心がけています。今日の見地においては若干耳慣れない言葉・表記が記載される場合がございますが、これらは差別・侮蔑を助長する意図に基づくものではございません。

蛙坂須美

あさかすみ

おれ憑き

「君の背中に『おれがついてる』んだ。気味が悪いから、どうにかしてくれないか?」

唐突にそんなことを言われて、酒見さんは動揺した。相手は仕事上の同僚に過ぎない葛西という男で、そのときはたまたま会社の喫煙所で一緒になっていたのである。

「言ってる意味がよくわかりませんけど……」

「いや、意味はわかるだろ。君の背中に『おれがついてる』んだ。なんのつもりか知らないけど、嫌がらせも大概にしてほしい」

「『ついてる』って……」

「なにか誤解があってのことかもしれないが、迷惑なんだ。やめてくれ」

怒気(どき)を孕(はら)んだ攻撃的な口調であった。

部署が別だから、酒見さんと葛西とはほとんどまともに言葉を交わしたことがない。にもかかわらずこんなわけのわからない絡み方をしてくるというのは、どう考えても普通ではない。なにかよくないタイプの薬でもやっているのでは？　とも思わせるし、刺激してはいけない人に特有の凄みがあった。

ここは適当に話を合わせておいて、あとで上司に報告しよう。

酒見さんがそんなふうに思っていると、

「ちょっと後ろを向いて」

と葛西が言った。有無を言わさない調子であった。

こんな意味不明な妄言を吐く男に背中を見せるのは不味い、と本能が警鐘を鳴らすのだけれど、下手に逆らうのも恐ろしいので、酒見さんは葛西の言うとおりにした。

カシャッ、とスマホのシャッター音がする。

「ほら、おれだろ。よく見てみろ」

言われるがまま、葛西の差し出すスマホの画面をのぞき込んだ酒見さんは絶句した。

写真にうつる酒見さんの背中一面に、巨大な男の顔が浮き上がっている。坊主頭に団子鼻、仏像のような半眼をしたふくよかな顔は、今目の前にいる葛西の顔とは、似ても似つかないものだった。

「こうして証拠もあるんだから、きちんと対処してくれよ」

そう言って顔を近づけてきた葛西の口から、腐敗した玉ねぎのようなにおいが漏れてきた。

酒見さんはそれから精神のバランスを崩し、数ヶ月間の休職を経て、会社を退職した。

葛西はといえば、いまだに以前と同じ会社に勤めている。この頃では責任のある仕事を任されるようになり、同じ部署で働く女性と結婚までして、順風満帆な人生を送っているものらしい。

その後、酒見さんは自分の背中に浮かび上がる男の顔を目にしたことはないし、それを誰かに指摘されたこともない。

葛西のほうでなにか言ってくることもなかったが、この一件と関係があるのかないのか、酒見さんは最近、ひどい腋臭(わきが)に悩まされている。

「我ながら死にたくなるようなにおいでして、まるで玉ねぎが腐ったみたいなんですよ」

酒見さんはそう言って、深々とため息を吐いた。

犬壺騒動

美子さんが小学生の頃というから、今から二十年近く前の話である。

当時、彼女の周辺では不幸が立て続いていた。

母方の祖父母がほぼ同時に重度の認知症を発症し、事業に失敗した叔父は不渡りを出し失踪、その尻拭いを美子さんの両親がすることになった。

それらのストレスからか、母親が夜間、不意に奇声を発して跳ね起きるようになり、家族の安眠さえ覚束(おぼつか)なくなったという。

「夢の中でねえ、犬に噛まれるのよ。大きいの小さいの仰山(ぎょうさん)まといついてきて、手と言わず足と言わず無茶苦茶に。痛くてかなわんわ」

同じ頃から、身内の不幸とは別のおかしなことが起き出した。

家中の至るところから、犬のものと思しき毛が見つかるのである。

しかもそれが、どうやら一匹ではない。白黒茶、長いの短いの、どう考えても複数の犬の体毛が、洗濯物や布団に付着している。

加えて、近所からの苦情があった。

美子さんの一家が住んでいたのは集合住宅の一室だったのだが、ある日、そこに管理会社から電話が入った。

賃貸契約に違反されては困る、というのだ。

「ご近所さんから苦情が入ってますよ。夜中に犬の吠え声がうるさいって。そちらの物件では、大小にかかわらずペットの飼育は禁止されてるんですからね」

そんな犬の吠え声なんてものに心当たりはない、と訴えたものの、

「とにかく気をつけてください。今回は私共のほうからご忠告差し上げましたけれども、これが大家さんの耳に入ったら、退去処分ということもあり得ますからね」

担当者はまるで聞く耳を持たなかった。


祖母危篤の報せを受け、美子さんたちは病院へと急いだ。

たどり着いたときには祖母の意識はすでに朦朧（もうろう）としていたが、臨終の間際、犬のような唸（うな）り声を上げながら、

「……つぼ……つぼ……」

と何度も繰り返したそうだ。

祖母はそのまま息を引き取り、通夜と告別式の手続きが進められた。

施設に預けていた祖父の出席は無理だと判断された。孫子の顔もわからないほど認知症が進行しており、どうやら幻覚も見えているらしい。

「犬が食べものをせがんでくるから」

とよくわからないことを言っては部屋中に食事の食べ残しをばら撒くのだ、と施設のスタッフは露骨に嫌そうな表情を浮かべていた。

通夜と葬儀は滞りなく済んだものの、骨揚げの際に異変があった。

スタッフが火葬炉から台車を引き出した瞬間、部屋中に動物園かペットショップのようなにおいが立ち込めたのである。

その晩、美子さんたちは祖父母の家に泊まった。

だいぶ長いこと祖父母は施設に入所していたが、近くに住んでいた親族がたまに掃除をしに来てくれていたらしく、家の中は綺麗なものだったという。

美子さんは夢を見た。

それはまるで映画のような夢で、美子さん自身は登場しない。そこで繰り広げられる光景を、自分がビデオカメラにでもなった具合に目撃しているのだ。

夢の登場人物は二人。時代劇に出てくるような野良着姿の男女である。彼らは埃っぽい道を風のような勢いで駆けている。

標的は、犬だった。

二人は手に持った棍棒を振り回し、目についた犬を手当たり次第殴りつける。そうしてピクピクと痙攣するそれらを肩に担いで、家に帰っていく。

豚小屋と見紛うほどに狭く、薄汚れた土間に腰を下ろすと、撲殺した犬の胴体から首を切り落とす。

ゴリゴリと骨を断つ音が暗い土間に響く。はあはあと荒い息を吐きながら淡々と作業をこなす二人の顔には、脂汗がべっとりと滲んでいる。

胴体から毛を削ぎ臓物を引き摺り出したものは、それぞれ板に並べていく。天日に当てて、保存食にでもするのだろう。ただしそれがあくまで儀式の「おまけ」に過ぎないのだということは、カメラアイたる美子さんにも察せられていた。

どこからか、男が壺を転がしてきた。一抱えほどもある、大きなものだ。壺の外側には、複雑な象形文字みたいなものがびっしりと刻まれていた。

切り落とした犬の頭部を、二人はその壺の中に収めていった。収めるというよりは、ぎゅうぎゅうに詰め込んでいった。いっぱいになると木でできた蓋をし、軒下に埋めた。

そこで目が覚めた。

布団の中の身体がなにやらむず痒い。見れば無数の犬の毛がついていた。

くだんの夢の話をしたところ、両親は驚愕の表情を浮かべた。二人とも同じ内容の夢を見たというのだ。

「ここ最近の異常といい、今回の変な夢といい、ひょっとしておまえんち、なにかあるのとちがうか？」

父の言葉に母は一瞬逆上する気配を見せたが、

「ちょっと待って。そういえば、子供の頃にお祖母ちゃんから妙なこと言われたわ」

「妙なこと？」

「うん。理由までは教えてくれなかったけど、大人になっても犬だけは絶対に飼ってはいけないよって」

「犬って」

父は絶句した。

「それ、どう考えても今のこの状況と関係あるだろ」

「そうねえ。でも言われたとおり、犬は飼ってないし。今の今まですっかり忘れてたんだけど……」

二人の話を聞きながら、美子さんは生きた心地がしなかった。

なぜなら美子さんは、両親に内緒で捨て犬を保護していたのだ。友人と二人、公園の物置小屋に隠した子犬に、連日食べ残しを運んでいたのである。

結局、その話は言い出せずじまいだったけれど、問題はすぐに解決を見た。

帰宅後、友人から電話があり、ちょっと目を離した隙に子犬が見つかって、保健所に保護されてしまったとの報告を受けたのだった。友人はそれに責任を感じているらしく、

「わたし、お父さんとお母さんを説得して、あの子を取り戻してもらうから」

と力強く主張し、事実、一週間もせずにそのとおりのはこびとなったようだ。

するとそれ以後、母の夜驚症はぴったりと止み、家の中で犬の毛が見つかることもなくなった。無論、犬の吠え声のことで苦情が寄せられることも二度となかったという。

とはいえ祖父の認知症は一向改善せぬまま一年後には鬼籍に入り、叔父の消息も不明のままだ。全てがもとに戻ったわけでは決してない。

もうじき三十歳になる美子さんには、頭の痛い悩みがある。

結婚も視野に入れているパートナーが、大の犬好きなのだ。

餓鬼湯

泰行さんは上海の大学院で中国文学の研究をしていた。

留学は彼のたっての希望で、それが決まったときはとにかく嬉しかった。けれどいざ海外での生活がはじまってみると、慣れない環境に少しずつメンタルを削られていく。

それに追い討ちをかけるように、日本に残してきた恋人から、

『他に好きな人ができたから別れたい』

とのメッセージが届き、泰行さんはとうとう半病人みたいな状態になってしまった。

当時の指導教授はそんな彼をおおいに心配した。

ありがたいことに友人が勤めているという病院への紹介状まで書いてくれたので、とりあえず行ってみることにした。

紹介状があるにもかかわらず、病院では五時間近く待たされた。なにしろ物凄い混みようなのだ。ようやく診察室に呼ばれた頃にはほとんど意識朦朧の態で、医者からなにを言

われたかもよく覚えていない。

病院を出たら夕方になっていた。

泰行さんはまっすぐ家に帰る気にもなれず、大通りから外れた小道に入り、ぶらぶらと歩き出した。

窓に渡したロープに洗濯物が吊られた、狭苦しい道である。

集合住宅らしき建物の前では半裸の老人がしゃがみ込んで煙草をふかし、どこからか飯の炊けるにおいが漂ってくる。

こんな道がまだ残っているんだな、と泰行さんは感心しつつ歩いていく。

奥に進めば進むほど、街並みは古めかしさを増す。

それにつれて、すれ違う人々の服装も時代を逆行していく気がする。

中山服（ちゅうざんふく）みたいなものを着ていたのが、いつしか立襟（たてえり）の長袍（チャンパオ）になり、まるで映画のセットの中を歩いているようだった。

気づくと、泰行さんは誰かと並んで歩いていた。

背の高い男だった。黒の馬掛（マーグア）を着て、弁髪（べんぱつ）を結っている。そして、異様に首が長い。鳥山石燕（とりやませきえん）の『画図百鬼夜行』に「見越（みこし）」という妖怪が描かれているが、それにちょっと似ていると思った。

「吃飯了嗎（メシは食ったか）？」

隣を歩く男が言った。

泰行さんに問うたというよりは、単に独言を呟いたような感じだったが、

「沒有（まだです）」

ついそう答えてしまう。

いつの間にか、泰行さんは男に先導されるかたちになっていた。

男は大股できびきびと歩いていくのだが、不思議と進みが遅い。

そのうちに、泰行さんのほうでもなんだか身体の動きがスローモーションになってくるというか、水の中を歩いているような心持ちになってきた。

一軒の家の前で、男は足を止めた。

軒に真っ赤な提灯がいくつもぶら下がって、入口の格子戸から柔らかい光が漏れている。良いにおいがした。青菜かなにかを炒めているのだろう。

餐館（メシ屋）だ、と思った。

男に続いて、泰行さんは格子戸を潜った。

狭い店だった。いくつか置かれた丸テーブルに、客の姿はない。

けれど奥の厨房からは食欲をそそるにおいが漂ってきて、泰行さんの胃は情けない音を立てた。

二人は中央の卓に座した。

店の壁には、料理名の書かれた赤い短冊が無数に貼られている。泰行さんはザッとそれを眺めてみた。

中国料理のメニューというのは得てして難解だが、それにしたって見たことのない漢字ばかりが並んでいる。

「餓鬼湯」という文字が目に入った。

「湯」はスープの意味だけれど、「餓鬼」とは一体なんのことだ？　まさか亡者の「餓鬼」ではあるまい、と首を傾げていたら、男が奥に向かって、

「餓鬼湯一份（いちにんまえ）！」

と怒鳴（どな）りつけるようにそう言った。

なんだか心を読まれているようだった。

三十秒もせずに、顔色の悪い、これも弁髪の痩せた店員が盆に乗せた深皿を運んできた。

それは透明なスープだった。

具材といえば、なんとも知れない肉片と青菜の切れ端、春雨くらいのものだ。見るから

に熱々で、食欲を刺激する湯気が立っている。

　一口飲んでおどろいた。

　実に濃厚で、味に複雑な奥行きがある。

　干した海産物やきのこ以外にも、なんらかの肉類を出汁(だし)に使っているらしいが、鶏でも牛でもないようだ。

　口に含むと脂の旨みが広がるのに、後味は爽やかでくどくない。

　スープによく絡んだ春雨も絶品で、これならいくらでも入りそうだ。食べ進むにつれて、身体がぽかぽかと温まり、活力が漲(みなぎ)ってくる。

　あまりに美味い……。

　泰行さんは感動した。

　これまでにも美味い中国料理は食べてきたけれど、そのどれもを上回る。神仙の味とはこのことかと思った。

　食べ終わる頃には、胃袋も心も満たされていた。

　それからのことは、よく覚えていない。

　男に送ってもらった気もするし、一人で帰宅した気もする。

　気づいたら、自室のベッドに横たわっていた。

ひっきりなしにおくびが出て、そのたびにあの「餓鬼湯」の味がよみがえった。幸せだった。

その日以来、泰行さんは以前の活力を取り戻した。

修士論文の審査も危なげなく通り、博士課程への進学も決まった。

世話になった指導教授からは、一時帰国してご両親に顔を見せてはどうか？　と提案された。一も二もなくそれに従った。

「あんた、ずいぶん痩せたんじゃない？」

空港まで迎えにきてくれた母親は、開口一番そう言った。

「ストレスとかあると思うけど、ちゃんと食べられてるの？」

食べているどころではなかった。ここ最近、泰行さんの食欲はとどまるところを知らず、一日に五食は食べている。食べても食べても満腹が訪れないのだ。

その晩はすき焼きだった。

泰行さんは一人で肉を一キロ近く平らげ、ビールと日本酒をしこたま飲んだ。〆のうどんに加えて、鍋に残った汁をぶっかけたメシをありったけかっ込み、それでも足りずに業務用サイズのアイスクリームを食べた。

両親と大学生の妹は、目を丸くしてその様子を見つめている。

「お兄ちゃん、そんなに食べる人だっけ？」

薄気味悪そうに妹が訊ねた。

「なんだか知らないけど、食欲が爆発してるんだ。好き嫌いもなくなって、現にほら、すき焼きに入ってる春菊なんて昔は大嫌いだったのに、今ではなんでも美味いと感じる」

「それは良いことだけど……でも、ちょっと怖いよ。そんなに食べてるのに痩せちゃって、ひょっとして病気なんじゃない？」

確かに、体重は減っていた。

ストレスと失恋で病み疲れていた数ヶ月前よりも、目方は五キロ以上落ちている。

「……日本にいる間に、一度、診てもらったほうがいいかもな」

父親にまでそんなことを言われて、泰行さんは俄かに不安を覚えた。


その晩、泰行さんは夢を見た。

夢の中で、彼は実家の居間にいる。

彼の目の前には、曇りガラス入りの古風な引き戸。その先は台所である。

泰行さんのいる居間側は真っ暗だが、曇りガラス越しに見える台所は、ぼうっと白っぽく発光していた。

電気がついているのではない。光源と思しき小さな球体が、ふわふわと台所を飛び交っているのだ。ぼんやりとした光のもと、曇りガラスの向こうで、四つん這いの人影が動いた。影絵を見ているようだった。

人影は、バスケットボールふたつぶんはあろうかという巨大な頭部をぐらつかせながら、針金のような細い腕で、貧相な体躯（たいく）をずりずりと引きずっていた。

腰から下は、なにもない。

「……んっ、んっ……」という咳払いみたいな声が聞こえた。台所にいるなにかが、呻（うめ）き声を上げているのだ。

冷蔵庫を開ける気配がした。

そのなにかは、冷蔵庫の中を漁（あさ）っているらしい。

ぴちゃ、ぴちゃ、と水っぽい音が聞こえる。

嫌だ嫌だと思っているのに、泰行さんは台所に近づいていく。そうして引き戸に手をかけた瞬間、その向こうから濃密な気配がこちらに押し寄せてきた。

はあっ、と耳元でため息を吐く音がして、直後、とてつもない重量が泰行さんの背中にもたれかかってくる。

生ぬるいものが頬に触れる感触を覚えた泰行さんは、耐えきれず悲鳴を上げた。

台所がスッと暗くなって、周囲が闇に包まれた。

階段を下りるドタドタという足音が聞こえ、居間の電気がつけられる。両親と妹が、怯えた様子でこちらを見ていた。

泰行さんは一人、呆然と居間に立ち尽くしていた。

台所に通じる引き戸は開け放たれ、床には買い置きの食材や調味料の容器が散らばっている。

「……おれじゃない。おれじゃないよ……」

泰行さんはそう訴えたが、父親は一言、

「鏡を見てこい」

と言い放った。

洗面所の鏡に映した泰行さんの口元には、べっとりと食べカスがついていた。

病院では「睡眠関連摂食障害」との診断を受けた。

要するに、睡眠中、無意識に摂食行動を繰り返す病態であって、夜驚症や睡眠時遊行（夢遊病）などと同じ睡眠時随伴症に分類される。

医者の見立てでは、留学のストレスが原因ではないかとのことで、泰行さんは休学を勧められた。心理セラピーと処方された抗うつ剤のおかげか、夢中での摂食行動はその後起きていない。

けれど常軌を逸した過食についてはいまだおさまってはおらず、食べても食べても体重は減る一方である。

別の病気を疑いもしたが、検査の結果、どこにも異常はなかった。

最近ではなにを食べても美味いとは感じられず、思い出すのはあの「餓鬼湯」の味ばかりなのだという。

くだまつひろし

クダマツヒロシ

犬として生きる

「ウサギとかの小動物を狩るんです。意外と美味いんすよ」

堂前さんは幼い頃、猟師をやっている父親に連れられ、何度か近くの山まで猟に同行したことがある。父は長年猟師をやっているだけあって山の地形にも獣の生態にも詳しかった。その後ろをついて回ると自分も凄腕の猟師になった気がして、堂前さんにとっては何より楽しかった。

ある年の冬。小学生だった堂前さんは父と共に仕掛けていた小動物用の罠を回収しに山へ入っていた。いくつかのポイントを巡りながら事前に置いた罠を回収していると、林の奥から「助けてくれ！」と叫ぶような男の声が聞こえてきた。

父と顔を見合わせる。誰かが怪我でもして動けずにいるのではないか、と声がした方へ近づいていくと、林の奥からまたしても「助けてくれ！」という声が、さきほどより大きく響いた。

しかしいくら探しても誰もいない。ただ、ときおり風に乗って「助けてくれ」と声が聞こえてくる。その声は近くから聞こえるようにも、離れた場所から呼んでいるようにも思えた。

堂前さんも父の後に続き、呼びかけながら必死で探したがそれらしい人は見当たらず、やがて助けを求める声は途切れて聞こえなくなった。これはもしや意識を失ってどこかで倒れているのではないだろうか？　そう考えた二人は救援を呼ぼうと急いで山を下り始めた。だが、その帰りの山道で奇妙なものを見た。

林の中から急に目の前に黒い影が飛びだしてきたので、慌てて立ち止まる。それは一匹の大きな黒い犬だった。

「オオカミとまではいかないんですけど、野犬にしてはデカすぎるって印象でした。毛は真っ黒――あ、鼻。あれマズルって言うらしいんですけど、犬の鼻先だけ赤茶の毛だったのをはっきり覚えてます。にしてもデカい犬で」

数メートル先にいる大きな犬と対峙する。犬は斜面を下る父と堂前さんを藪の中からじっと見つめていた。その口がゆっくりと開く。

『助けてくれ』

先ほど聞いたあの声が、その犬の口から発せられた。父が咄嗟に銃を構えるとその瞬間、犬はさっと林の奥へと走り去っていった。

自宅へ戻ってから「さっきのあれは何?」と父に尋ねると、父は難しい顔をしながらこう答えた。

「あれはもう犬だから……〝犬として〟生きるだけだよ」

堂前さんが妙な犬を見たのはその一度きりだという。

「実はその山で人が死んでるとか、行方不明になったとかそういう噂は聞いたことないですね。小さい山だし。ただそこで親父と二人で、喋るデカい犬を見たってだけのハナシ。こんな話で、なんか悪いね」

あっと驚くような怪異譚を期待していると思われていたのだろう、謝る堂前さんに恐縮しながら礼をのべる。そもそも筆者としては山と怪異を繋ぐような因果関係があろうが無かろうがどちらでも構わない。すでに怪談としては充分成立しているし、それ以上に堂前さんの体験はどこか民話的な趣きも感じられて、個人的には非常に心惹かれるものがある。

「最近テレビで良くやってるでしょ。『ウチのワンちゃん喋るんです!』みたいな企画。あれに出てくる「ゴアン!」「チョウダイチョウダイ!」とかやってる犬。あれ見ると思い出すんですよ。『そういや昔あったよなぁ』って」

あの場合は、やらされているという方が当てはまるのだろうが、曖昧な発声でもてはやされるチワワやプードル犬を目にするたび堂前さんは、昨年鬼籍に入った父の猟銃を構える横顔と、あのときの黒い犬を思い出し、ひどく懐かしい気分になるのだという。

獅子舞

武田さんの地元では、年の瀬が迫ると獅子舞が町内を練り歩くという催しがある。毎年、三頭の獅子舞が商店街から出発し、町内をぐるりと一周してからまた商店街へ戻って来る。そこで数分の演舞を見せるという一時間ほどの小さな催しだが、普段は静かなアーケード街がその時期だけ活気づく特有の雰囲気が好きで、小学生の頃は姉と連れ立って毎回のように見物に出かけていた。

「例年、町内の男衆(おとこし)が交代で獅子舞に入るんだけど、その年はうちの親父が演じる番でね」

父親の晴れ舞台ということもあって、スタート地点の商店街から一緒に着いて回った。その道中、脇で喜ぶギャラリーの顔を見ては父のことを誇らしく思った。

やがて一行は商店街へ戻り、最後の演舞を行うスペースで止まった。すぐに人だかりができる。武田さんと姉は最前の一番獅子舞が見える位置に陣取った。

観客の真ん中で三頭の獅子が華やかな音楽に合わせてダイナミックに体をくねらせてい

る。しかし、目まぐるしく入れ替わる三頭の獅子舞を見ているうち、父がどの獅子舞に入っているのか分からなくなってしまった。

「三頭とも同じ色と柄だったから見失っちゃったんだよね」

どれが父だろうと探すが、見えているのは足元だけで全員が同じ白い足袋を履いているため判別がつかない。

獅子舞は二人一組になって演じる〝二人立ち獅子〟というもので一人が獅子頭、もう一人が胴体を担っているのだが、武田さんの父は頭の担当だった。

父を探すなかで一頭の動きだけが妙に目についた。

頭と胴体それぞれの動きが微妙にズレている。演者二人の意思の疎通がまるで取れていないように見え、妙に動きがぎこちない。

ヨタヨタとおぼつかない足で、他の獅子と何度かぶつかりそうになってヒヤリとする。

そのうちピタリと足を止めたかと思うと、かくんと首が折れるような動きをして、それきり動かなくなった。数秒してゆっくりと獅子の頭が持ち上がり、正面に立つ武田さんと目が合う。ハリボテの獅子の瞳がまるで本物の獣みたいにギラギラと光っている。

思わず後ずさった。

「目合わすな。あれは本物」

後ろから聞こえた声に思わず振り返ったが、誰の声かは分からなかった。再び前方に視線を戻すと目の前まで獅子舞が歩み寄っていた。真っ赤に塗られた大きな口が、がぱっと開く。抵抗する間もなく頭から呑み込まれる。

空洞の中で、ほんの数センチ先に見たのは、異様に白く無表情な顔をした知らない男だった。

「せまい町内だからね。だいたいみんな顔は知ってるんだけど、全然見たことない人だった」

男はじっとこちらを見つめている。固まっているとすぐに武田さんの頭を離し、獅子舞の口を閉じて見えなくなった。そしてまたふらふらと中心まで戻っていく。妙に怖くなった武田さんは見物している姉を置いて一人自宅に戻った。

あれは本物――。後ろから聞こえた誰かの声と、あの本物の獣のような鋭い眼光を思い出して身震いした。

その日の晩、帰宅した父親が開口一番からかうように武田さんに言った。

――おまえ、せっかく頭噛んでやったのに、あんな顔しよって。そんな怖かったか？

聞いてみると、武田さんの頭に噛みついた獅子舞に入っていたのは、父と、武田さんもよく知る近所のおじさんだったという。

父いわく、見物している武田さんを見つけて噛みついたらしい。武田さんの健康を願ってのことだ。なのに酷く怯えた顔をしていたので、小学生にもなって獅子舞が怖いのかと笑ったのだ。男なのに情けないとなじる父に、武田さんは懸命に説明したが、そんなことあるわけないだろうとさらに馬鹿にされた。一緒に見ていた姉も、特に妙な動きをしていたなんて思わなかったと怪訝な顔をしている。

以来、武田さんは一度も獅子舞の見物には行っていない。

ストーンヘンジ

イギリス南部のソールズベリー平原に佇むストーンヘンジ。世界文化遺産としても登録され観光名所としても知られるこの古代遺跡には、多くの伝説と怪異が囁かれている。

十数年前、永井さんはイギリスを訪れた際このストーンヘンジを観光することになった。

ツアーガイドの説明を聞きながらその背後に立つ遺跡に目をやると、円陣上に並んで直立している石柱の隙間に、黒い影のようなものが動くのを見た。それはまるで人影のようにしばらく石柱の間を行ったり来たりと揺らめいていたが、数秒のうちに掻き消えた。

不思議な光景だったが、自分以外誰も気づいた様子はない。ただの目の錯覚だろう。そう思い直して特に気にしないようにした。

ツアーが終わって解散し、ホテルに戻った後も妙にストーンヘンジのことが気になった。どうしてもあの場の空気が忘れられなかった。

「別にめちゃくちゃ感動したわけでもなかったんですけど。たぶん不思議なものを見たっていうこともあったかもしれません。ずっと頭の片隅に残ってたんです」

その日の夜、宿泊先のホテルで眠りについているとき、深夜ふと目を覚ます。部屋の中に自分以外の気配を強く感じる。電気をつけて部屋の中を見渡すが誰もいない。しかし何気なく窓の外を見た瞬間凍りついた。遠くの丘の上にストーンヘンジのシルエットが浮かんでいた。今自分が宿泊しているホテルから遺跡は何十キロも離れている。見えるはずがない。なのになんで。しばらく窓から見えるあるはずのない遺跡を茫然と眺めていたのだが、それはいつのまにか見えなくなっていた。

「なんだかそれがひどく不吉に思えてしまって」

無事に帰国を果たした永井さんだったが、もう二度とイギリスに行くまいと心に決めた。しかし、異変は自宅のある東京に戻った後も起こった。

「深夜に目が覚めて窓から外を見ると、今でもたまに見えるんです」

それは決まって一人の時に起きる。都内のアパートの一室。その小さな窓から外を見る。何の変哲もない夜の街並みの向こうに、巨大なストーンヘンジのシルエットがぼんやりと浮かんでいることがあるという。

長靴

「別に写真に興味があるとかそういうのではありません。ただ本当に、なんとなく」

関西在住の伊関さんはその日、近所の商店街で小さな写真展の看板を見つけて足を止めた。

地元のアマチュア写真家たちの作品を集めたもので入場料は無料。広くはないガラス張りのギャラリーの中には、大きく引き延ばされた写真数枚と、数人の来場者の姿が見える。少し覗いてみようか。気まぐれにそう思い立ってふらりと足を踏み入れた。

三十畳ほどの広さのある会場は静かで風景やポートレートが中心で、天井の隅に備え付けられたスピーカーからは、微かにヒーリングミュージックのような音楽が流れていて、白を基調とした室内の落ち着いた空間演出に一役買っているようだった。

先客らしきカップルと横並びになって写真を眺めていると、ふと奥にある小部屋が気になった。そこにもいくつかの写真が飾ってある。足を向けるとそこで一枚の写真が目に留まった。

古びた長靴の写真。何年も放置されたように汚れ、泥にまみれた長靴が、暗い森のような背景にポツンと置かれていた。

「その写真だけなんだか妙に浮いてたんですよね」

気になって近くのスタッフに尋ねてみた。

「あの写真――」

伊関さんが言い終わる前に、スタッフが少し顔を強張らせながら答えた。

「あぁ、これですよね。これねぇ……。じつはこういう写真ばっかり撮ってる変わった子なんですよ。まだ若い女の子なんですけど」

こういう写真とは？　と聞くと詳しく教えてくれた。

撮影者は遺品を専門に撮影するカメラマンであるらしく、自殺名所と言われる場所に出向いては、現場に残されている遺品の写真を撮り続けているらしい。ということはこの長靴も誰かの遺品であるということなのか。

確かに写真の右下に書いてあった撮影場所も、自殺者が多いことで有名なスポットだと聞いたことがある。説明にはそれ以外の情報は載っていなかったが。女性であるという撮影者の情報も名前すら書かれていない。とはいえそんな場所に自ら出向いて遺品を撮影するなんて。世の中には変わった趣味の人間もいるのだな、と思いながら会場を後にした。

「それから半年ほどして九州に出張に行ったんです。そのときに見たんですよ。写真じゃなかったですけど」

取引先での打ち合わせを終え、外へ出ると小雨が降っていた。あいにく傘は持っていない。とはいえコンビニでビニール傘を買うのも勿体ない気がする。携帯で宿泊先のホテルまでのルートを調べてみると、ちょうど目の前にある地下道が駅まで続いているらしく、案内に従い階段で地下へ降りた。

地下道に入ると、タイル調の壁にずらりとポスターが掲示してあった。それを何気なく眺めながら駅に向かい歩いていると、妙に見覚えのあるポスターを見つけた。

「見た瞬間分かりました。構図も全く同じだったので」

小学生が描いたらしき絵で、緑の背景の真ん中に泥だらけの長靴が描かれている。瞬時にあの写真が頭に蘇る。間違いない。

伊関さんには、この絵があの時の写真を基にして描いたものだという確信があった。

「【自殺防止の啓発ポスター】だったんです。ほらよくあるでしょう。たぶんその地域の小学生が描いたものだと思うんですけど、写真の長靴が誰かの遺品だって聞いていたこともあって。だから、これはあの写真を元にして描いたポスターなんだって思って」

こんな偶然あるもんなんだなぁ、そう思いながら通り過ぎる。駅に到着しホームへ降り、入ってきた電車に乗り込む。そうして空いた席に座り、そのまま眠ってしまった。

しばらくして目を覚ます。しかし目を覚ますと同時に妙なものが目に入った。

泥にまみれた長靴が目の前に置いてある。

忘れ物、ではないだろう。周りに目をやるが、車内には自分以外は誰もいなかった。どう考えても不自然だ。一体誰がこんなものを置いたのか。揃えられたつま先は伊関さんに向けられている。

「あっと思い当たってぞっとしました。それで目をぎゅって閉じて祈ったんです。〝消えろ消えろ消えろ〟って」

五分、十分――。どれくらいそうしていたか分からないが、ふいに車内アナウンスが駅に到着したことを告げた。扉が開く音がして、車内に人が乗り込んでくる気配に薄目を開けると、目の前にあった泥まみれの長靴はもうどこにもなくなっていた。

伊関さんにはどうにもあの長靴、あるいは持ち主だった何者かが、自分に憑いてきているのではと気が気ではなかった。

出張を終えたあと、自称霊が見えるという同僚に「何か見えるか?」とそれとなく聞いてみると「ハムスターが二匹憑いてるだけで他には何もない」と言われた。

冨士玉目

ふじたまめ

フジミくん

中学の頃の同級生に「フジミ」と呼ばれていた男子学生がいた。

「苗字じゃなくてあだ名。死なないの意味の不死身ですね。一緒だった中学時代、常に満身創痍の男で――」

停まっているトラックの荷台の扉が急に開いて激突するとか、反対に自動ドアが開かず激突するとか、後ろで転倒した老婆のクッションになって階段を落ちるとか。

いずれも不注意というレベルではなく、寄ってたかって何者かにいたぶられているのではないかと疑ってしまうほど、思いもよらぬ怪我をする。

「それで、周囲もだんだん〝こいつ不死身じゃね？〟と言い出して。そのまま、彼のことをフジミと呼ぶようになったんです」

カクタさんは、たまたまフジミと三年間同じクラスだった。不思議な男で、決して暗いわけではないのだが、どこか凡庸で存在感がなかった。はじめは一人が好きなのかなと思っていたが、気づけば盛り上がっている男子グループのそばで、ニヤニヤしながら様子を眺めていたりする。ところが仲間に入りたいのかと話しかけても、スッと距離を置いて無言でどこかに行ってしまう。そんな、つかみどころのない人間だった。

級友になった時点から、すでにフジミはどこか怪我をしていた記憶があるという。

「骨折した」と言いながら、フジミが腕を吊って登校してきた時のことだ。

派手な怪我を負っている姿に興奮し、男子生徒たちが「どうしたどうした！」と彼を取り巻くと、フジミは表情も変えずにさらりと言った。

「こんなの序の口だよ」

冷ややかな口調に中坊たちはちょっと引いた。いや、だいぶ引いた。

けれどもフジミはその発言どおり、骨折が癒えた頃に裂傷を負って、それが癒える頃にはまた別の怪我で負傷して——と無傷でいる時間がほとんどない。

いつもそんな状態なので、フジミは体育の授業に出たことがなかった。

一度だけ——カクタさんは腹痛を起こして体育を休んだ時、フジミと一緒に校庭の隅で授業を見学した経験がある。

「おまえ、いつも怪我ばっかしているけど、体中傷だらけだったりすんの？」

今思えば遠慮も思慮も欠けた問いに、やはりフジミは冷ややかな口調で言った。

「まあねえ、治りは早いけど。でも服を脱いで見せたりはできないなあ」

そうか、フジミの体は戦場帰りのヒーローみたいに傷だらけなんだろうな。カクタさんは勝手にそんな想像をして、「そうかあ」などと相槌を打っていた。


学年が上がり、林間学校に行った時のこと。

生徒たちは十人ひと組に分けられ、カクタさんはフジミと同じ部屋になった。

全員で大きな風呂に入り、布団を敷いてこっそり大騒ぎをしていた最中、フジミがいないことにカクタさんは気がついた。いつもは気にならないのに、その日はなぜだか彼の不在が引っかかって仕方がない。だから便所に行くふりをして、そっと廊下に出たのだという。

体育を休んだ時の会話から「あいつ、体を見られないように一人でこっそり風呂に入っているんじゃないか」と考えたカクタさんは、一階の廊下奥にある大風呂へ向かった。

正解だった。脱衣場の棚に置かれたカゴに一着、脱いだジャージが入っている。

間違いない、フジミのジャージだ。現にシャワーの湯が床に弾ける音が聞こえていた。

そっとガラス戸を開けると、はたしてフジミはこちらに背を向けて椅子に座り、シャワーで頭を洗っていた。自分が覗いていることなどまったく気がついていない。

声をかけようか迷っていたカクタさんは、なにげなく彼の背中を見て目を見開いた。

背中の半分——左腰から肩にかけて皮膚がひび割れ、波打っている。その傷が顔に見えた。うつむいた皺まみれの老婆の顔が、背中に縋りついているようにしか見えなかった。

「わ」

思わず声が出たが、シャワーの音でフジミは気がつかない。しかし、背中の顔は違った。つと、伏せた顔が上向きになり、老婆の目が開いて——こっちを見据えた。

カクタさんは慌ててガラス戸を閉め、一目散に部屋へと退散した。

就寝時間直前、フジミは何事もなかったようなふうで部屋に戻ってきて、あてがわれた布団に潜り込んだ。電気を落とした部屋のなかで、興奮冷めやらぬ男子たちはひそひそと話をしていたが、カクタさんは仲間に入る気になれず、じっと息をひそめていたという。

「それだけの話なんですよ。それ以降、僕は彼をちょっと避けるようになってしまったんだけど、フジミは相変わらずだったし——真相に気付いたのは、卒業して数年後です」

ある漫画を見ていて、ハッとしたのだという。

「人面瘡でしたっけ。不気味な顔が膝や腹にできて喋ったり食べたりするってヤツ。それで思ったんです。あの老婆は人面瘡で、フジミの怪我はあの顔が原因じゃないか――なんとなく、そんな気がするんですよね、命を削られつつも守られているというか、寄生虫みたいに宿主を生かさず殺さず――そんな存在だったに気がするんです。あいつ、自分で分かってたと思うんです」

卒業して以降、フジミがどうしているのかはまったく知らない。

にげろ

ナカミさんというエンジニアの人から聞いた話である。

彼が住んでいたのは、築四十年ほどの古いアパートだった。大阪の片隅にあるその建物は年季が入っている鉄骨造りの三階建てで、全体的にくすんだ灰色をしていた。かつては壁も白かったのだろうが、彼が入居した時にはペンキもとっくに剥がれ、おまけに廊下もひび割れたコンクリートがむき出しになっていた。

「でも、建物が灰色だからどうしたって話でさ。なにより家賃が安かったし、駅にも近かったからね。風呂とトイレが別なだけでもありがたかったよ」

部屋は六畳一間のワンルームで、床は古びたクッションフロア。壁には無造作に押しピンの穴がたくさん開いており、前の住人がどんな暮らしをしていたのか、ぼんやり生活の跡が見えている。そんなクリーニングさえ入っていない部屋で、新生活は始まった。

最初の異変が起きたのは、住み始めてから二週間ほどが経った頃だった。

ある夜、仕事から帰ってシャワーを浴び、髪も乾かさずベッドに横たわったままスマホを見ていると、どこからか微かな声が聞こえた。


——逃げろ、逃げろ。


耳を澄ませば、その声は壁の向こうから聞こえている。

隣室との境の薄い壁を叩いてみたが、反応はない。最初は「隣人がテレビでもつけっぱなしにして、そのまま寝落ちしているのだろう」と気楽に考えていた。

「でも、それが何度も続くんだよ。それも決まってこっちが眠りかけた頃に」

やがてナカミさんは、声の主が毎晩同じ時間に同じ言葉を繰り返していると気づいた。

「借金とりに追われてる夢でも見てんのかな、ずいぶんヤバい奴だなって笑ってたんだよ。でもさ、笑い事じゃなかったんだ」

それから数日後の深夜。

ぼんやりとスマホをいじっていた彼は、ふと妙な感覚を覚えた。

――逃げろ、逃げろ。

すっかり聞き飽きたセリフが、自分の口から漏れていた。それを自覚した瞬間、わずかに背筋が寒くなった。

「普通に考えれば、無意識に独り言を言っただけなんだけど。セリフがセリフだろ。しかもなんとなく自分の意思じゃない気がしたんだよ。言わされているんだよ、何かに――」

ゾッとして、その晩は顎が痛くなるほど強く口を閉じて眠った。

それ以来、なんとなく部屋にいるのが嫌になった。

とは言っても引っ越したばかりとあって、金銭的な余裕はない。友人の家を泊まり歩こうかとも考えたが、理由を説明して笑われるのは癪だった。日中は何事もなく過ごせるため、結局「そのうち治まるだろう」と自分に言い聞かせ、それ以上深く考えないようにした。

しかし、「甘かったね」という。

ある晩、ナカミさんは夢を見た。とびきりの悪夢だった。

「すごい力で足を掴まれてさ、ずるずると暗闇の中に引きずり込まれるんだよ。で、そこでハッと目を覚ましたんだけど――俺、壁に向かって正座してたんだよな」

鼻先がつくほど壁に顔を近づけ、唇を震わせながら「逃げろ、逃げろ、逃げろ逃げろ」

と何度も呟いていた。自分のしていることにゾッとして、慌ててベッドに戻ろうとする。けれども身体は動かなかった。

まるで上から押さえつけられているような重みが、体にのしかかっていた。

なんとか見えない圧を振りほどいて後ずさり、灯りをつける。

部屋はいつもと変わらない。ただ——壁に、黒ずんだ染みが浮かんでいた。

人間の輪郭をなぞったとしか思えない、影のように黒い染みだった。


その日を境にナカミさんの体調は急速に悪化していく。どれだけ眠っても疲れが取れず、仕事中もぼんやりとしてしまう。「逃げろ」と独り言を呟く頻度も増えていった。

耐えきれなくなった彼は不動産屋に電話をかけ「隣の住人をなんとかしろ、おかげでこっちもおかしくなりそうだ」と訴えたのである。

けれども、話を聞いた管理会社の人間は困惑した調子で「隣の部屋は長らく空室です」と答えてから「ただ——」と口を滑らせた。

「ただ？　ただって何だよ。ハッキリ言えよ」

「その——あなたの前に入居されていた方は全員、一年経たずに退去しているんですよ」

それを聞いて、ナカミさんは血の気が引いた。

もしかして、最初に聞いた「逃げろ」という声は、隣ではなく俺の部屋から聞こえていたのか。前の住人もあの声を聞いたから、忠告に従って早々に退去したのか。

じゃあ——このまま住み続けていたら、いったい何が起こるんだ？

「それを考えたら、もうダメだったね」

彼はなけなしの貯金をはたいて引っ越した。

「もし、夜中に自分が無意識に何かを呟いているのに気づいたら——すぐにその場を離れたほうがいいよ。だって俺——いまもときどき〝逃げろ〟って呟いちゃうもの。ついてこられてなければいいなと思っている。今のところはまだ大丈夫」

彼はこう締めくくって、話を終えた。

わたしはわたし

ミオさんという関西に住む女性の話である。

彼女の母方の祖父が亡くなったのは、去年の春のことだった。

「地方の旧家筋で育った祖父は、無口で厳格な人物だったそうで。まあ大往生だから亡くなったのは仕方ないんやけど、問題は遺品でね」

祖父の娘——つまりミオさんの母は病気で入院していたため、代わりに彼女が親族と一緒に祖父の遺品整理をすることとなった。

家具などを処分する手はずを整えると、親族は帰っていった。ミオさんはひとり残って、最後に押し入れに入っている祖父の私物を仕分けしていたのだという。

「そしたら、古びた木箱の中に収められている一冊のアルバムを見つけたんです。昔の写真かな思って、なんとなく開いてみたら」

最初のページには、親族たちの若い頃の姿が並んでいた。

みんな若いなあ、と面白がってページをめくっていくうちに、首を傾げた。

知らない人々が不自然な姿勢で写真に混ざり始めたのである。どう見ても親族ではない。まったく馴染みのない人物たちが、不穏な表情でそこかしこからカメラを見つめている。

奇妙なのは、その写真に説明が一切なかったことだ。他は日付や場所が脇に書かれているのに、不明な人物の写真群だけは、何の説明書きもない。

「なんか気になって……結局持ち帰ってしまったんよ。夜になってから、もう一回じっくり見直してみたんやけど」

リビングの明かりの下、ページをめくる。親戚の集まり、祖父だけの一枚、そして、謎の人物が奇妙な姿勢で写ったスナップ。さっき見たのはそこまでだった。

次のページを開いた瞬間、驚きで指が止まった。

写っていたのは――彼女自身だった。

幼少期の写真ではない。まさに現在の、今の自分の姿だった。

背後には、やはり見覚えのない女性が不自然な顔つきでこちらを見つめている。写りこんでいる古い家は、どこの場所かまったくわからなかった。

「薄ら寒くなって。アルバムを元の木箱に戻し、翌日に祖父の家へ戻しに持っていったわ。

いや、最初は親戚の誰かに聞こうと思ってん。でも、アルバムを返してきた次の朝に……」

いつものように鏡を見た時、妙な感覚に襲われた。

自分の顔が、自分のものでないような気がしたのだ。

目の大きさが少し違う気がする。口元のラインが微妙に違うように思える。

単なる思い込みかもしれないと、その日は無理やり自身を納得させた。

しかし、その日を境に、身の回りのものが微かにズレているように感じ始めた。家族や友人と話していても、どこか距離を感じる。食べ物の味も、昔と比べて馴染みのないものに思えてくる。戸惑っていた最中、ふと自分そっくりな写真のことを思い出した。

「それで、祖父の家にもう一度行ったんよ」

だが、アルバムはどこにもなかった。

親族に電話で確認してみたものの「そんなものは見たことがないわ。そもそも祖父さんは写真嫌いやったしね」と笑われて終わった。

「祖父の家の奥、あの押し入れに戻したはずなのに——だんだん自分が信じられんようになってきてね。あんなアルバム、本当にあったんかな？　あの夜、自分だけが目にした幻だったんかな？　そんなふうに思えてきた、その数週間後やねんけど」

街のショーウィンドウに映った自分の姿をちらりと見て、ミオさんは言葉を失った。

そこに映っていたのは、まるで別人の顔だったからだ。

「なんていうんかな、間違いなく私のはずやのに違う誰かになってしまった、そんな感じで。でもこの顔、どこかで見たよな――そう思った瞬間、気づいたんよ。あの写真の背後にいた女の人の顔にそっくりやって」

それ以来、ミオさんは自分の顔を長く見つめるのが恐ろしくなった。写真に撮られるのも嫌になってしまったせいで、以前より人付き合いを避けるようになったという。

「もしかして祖父の写真嫌いも、同じ理由だったのかなと思ってね。アルバムのあの写真をもう一度ちゃんと見たい、あの女の人の顔をちゃんと確認したいんやけど――恐ろしくて、もう一度あの家を訪れる気になれへんのよ」

時折、「本来の自分」がどんな顔をしていたのか分からなくなってしまう。

そう告げる彼女は、なぜかやけに嬉しそうな表情をしていた。

神社にて

東北の地方都市に住むタケルくんには、いまも忘れられない出来事がある。

大学二年の夏休みに地元へ戻った彼は、久しぶりの地元でバイトをしながらのんびりと過ごしていた。

「まあ、なんつーか、実家暮らしって楽だけど、ちょっと退屈でさ。そんで同級生の実家でバイトしたり、あとは夜中にドライブとかしてたんだよね」

その日もいつものように、彼は深夜に車を走らせていた。

郊外の田舎道は街灯も少なく、あたりには暗闇が広がっている。

そんな闇を裂くように、目的もなく走るのがタケルくんは好きだった。何も考えずに済むから気持ちが落ちつくし、なんとなく頭が整理されるような気もする。

一時間ほど走った頃、適当にハンドルを切って見知らぬ細い道へ入った。車一台がギリギリ通れるほどの狭さで、両脇には鬱蒼とした木々が迫っていた。グーグルマップを見直すが、画面には道らしい道は表示されていなかった。

「まあ、田舎だしなって思いながら、他に車もないし調子よく走っていたんだよ。そしたら、視界の端で何かが動いたんだよね。最初は鹿か狸かなと思ったんだけど」

バックミラーをのぞくと、誰かが立っていた。

こんな時間、こんな場所に人がいるなんて――ゾクリとしたが、停まる気にはなれない。見間違いだと思うようにして、そのまま進んだ。

だが、数分後。またバックミラーの隅に人影が映った。

「うわマジかよと思って。だって、普通ありえなくね？　俺、結構なスピードで走ってたし追いつけるわけがないのよ。人家もないから住民のはずもないし」

まるで自分の車が来るのを見越して、背後に現れたとしか思えない。

早く知っている道に出なければ。後ろを気にしながらハンドルを切った途端、何かを踏むバリバリという破壊音が車の下から響いた。

「……やっちまった」

落石だろうか、落下物だろうか。ボディに傷がついてしまったかもしれない。

人影の事などすっかり忘れ、その場に車を停めて外に出る。けれども前方を確認すると、特に傷も凹んだ様子も見当たらなかった。

フロントバンパーに痕跡がないという事は、脇だろうか。そう思って車の真横に回ると、そこには粉々に破壊された小さな小さな祠のような残骸があった。

「なんだよこれ。木が腐ってんじゃないか。轢く前から壊れてたんだな」

自分に罪はないと思いたくて、独り言ちながら運転席に戻る。

一刻も早く知っている道に出ようと、勢いよくアクセルを踏んだ。

発進した直後、助手席の暗い窓に何かが映った。

「うわ」

顔も体も真っ白な子供が、車内を覗き込んでいる。助手席の窓に映るタケルくんの顔に、その子供の顔が重なって映る。

混乱しながらも、足はアクセルから離さなかった。車は勢いよく闇の中を駆け抜ける。けれどもどれだけ走っても、視界の隅には白い顔が映り続けていた。

「もうパニックでさ、止まったらヤバい気がして、とにかくぶっ飛ばしたんだよ」

二十分後、ようやく開けた道へ出てコンビニの駐車場に車を滑り込ませた。

荒い息を整えながら、震える手でスマホを握る。おそるおそる見た助手席の窓には、強張った表情で目を見開いている自分の顔以外、何もなかった。

実家を離れる前の晩、彼は祖父に「あの山さ——小さな祠みたいのあったりする?」と、さりげなく聞いてみた。すると祖父は「古い信仰の跡だ」と教えてくれた。

「だが、あのへんはとっくに廃村になっただろ。あのあたりの神さんはな、人が祀らなくなると荒れるんだ。だから、みだりに近づかん方がいいぞ」

冷たい汗が背中を流れた。

「そんな話を聞いちゃったら〝その神様、車で踏み壊しちゃった〟とは言えないよね」

それからというものタケルくんは、夜のドライブをしなくなった。

「いや、実を言うと何度か走ったんだけどさ、そのたび助手席にあの白い顔が映るんだよ。あれ——自分にまだ憑いてきてるみたい。いまも、ずっと」

だから車はおろか、窓や鏡のある場所も、夜は近づかないのだという。

響洋平

ひびきようへい

集落の掟

うちの地元には、『神に仕える人』という意味の言葉があるんですよ。

■■っていうんです。

わかりやすく言うと霊媒師とか祈祷師みたいなものですかね。

誰でもなれるものじゃありません。

特別な力を持った女性なんです。

地元の祭事とかで、御祈祷をやったりもするんですけどね。

それだけじゃないんですよ。

信じてもらえないかも知れませんが、悪霊に取り憑かれる人って本当にいるんです。

俺もこの目で見たことあります。

そうした人を、■■は除霊することができるんです。

本当ですよ。

だって、俺の母親が■■ですから――。

東京の中野にある居酒屋で、私は弘樹さんという男性を紹介してもらった。年齢は三十代。現在は結婚して東京で生活しているのだが、彼の地元は日本の南部に位置する離島にあった。そこには独自の民間信仰があり、今でもそれは人々の暮らしの中に息づいているという。

海と山に囲まれた自然豊かな故郷。その一方で、その集落には人智を超えた奇妙な現象が存在する。そのことについて集落の外で語られることは滅多にないそうだが、もしかすると「人智を超えた」という表現は適切ではないのかも知れない。そこに住む一部の人にとって、それは昔から存在している現象であり、培われた風習であり、生活の中で機能している現実でもあるからだ。地元を離れて十年ほど経つそうだが、そんな故郷を持つ弘樹さんが奇妙な体験談を聞かせてくれた。

弘樹さんが二十歳の頃。

地元で仕事をしながら、実家で暮らしていた時のことである。

ある日の夜。

夕食を終えて弘樹さんがリビングでくつろいでいると、自宅の固定電話が鳴った。

弘樹さんが受話器を取ると、それは若い男性からだった。

「もしもし、夜分にすみません。律子さん、いますか？　今すぐ助けて欲しいんです」

律子というのは、弘樹さんの母親の名前である。

母親は、その集落で「■■」と呼ばれる神職に就いていた。祭事の際には儀式を執り行い、加持祈祷を行う役割を担っている。それと同時に、悪霊・怨霊の類に取り憑かれたという人を除霊する特殊な儀法と能力を備えていた。

その電話を掛けてきた若い男性というのは、たまに母親にお祓い・除霊の相談をしてい る「Nさん」という女性の息子さんだった。Nさんの家庭は母子の二人暮らしであり、よく息子さんが母親の使いで連絡をしてくることもあったという。

ただ、その日は様子が違った。

電話の向こうで、彼は呂律も危ういほどに狼狽していた。

「うちの母親が、何かに取り憑かれたみたいなんです。おかしくなってしまって……」

電話越しに背後から、ガシャ！　ドス！　と、何かを壊すような音が響いている。

声の様子と背後の異様な音から、緊急事態であることがすぐに理解できた。

「大丈夫ですか？　ちょっと待ってくださいね」

弘樹さんが台所にいる母親を呼ぼうと視線を上げた時である。

「貸しなさい!」

強い口調とともに、持っていた受話器が奪われた。

いつの間にか母親が目の前に立っており、弘樹さんの手から受話器を取り上げていた。

「もしもし、Nさんの息子さん? 今すぐ行くから、外で待ってなさい。今はNさんに近づいちゃだめ。それはあなたのお母さんじゃないの。とにかく危ないから、すぐ外に出なさい。わかった?」

母親の表情は険しく、眼光は鋭かった。

「弘樹、あなたも一緒に来なさい。手伝って」

そう言われて弘樹さんも母親の車に飛び乗った。


Nさんの家に着いた時、玄関の外に息子さんが立っていた。

「お母さんは家の中です。もうどうしていいか……」

その声は震えていた。

「あなたはここで待ってなさい。こちらで対処するから」

母親は力強くそう言った。

弘樹さんと母親は玄関を入り、家の中へ足を踏み入れた。
廊下には割れたガラスや花瓶の破片が散乱している。
壁紙には引っ掻いたような跡がいくつもあり、ところどころ剥がれていた。
「これはひどい……」
思わず声が漏れた。
すると廊下の奥——居間の方から、ガシャン！　と音がした。
「気をつけて」と、母親が声を潜める。
ガラスの破片に注意しながら、二人はゆっくりと奥へと進んだ。
恐る恐る居間へ入ると、棚やテーブルなどの家具が倒されていた。
雑貨や小物は床に散らばっており、食器も割れている。
部屋の奥に、Nさんが立っていた。
この世のものとは思えないほど怒り狂った形相をしている。
まるで鬼のようだった。
驚いたのはそれだけではない。
Nさんは立ったまま、人の背丈ほどもある冷蔵庫を両手で持ち上げていた。
「うわあああっ」

断末魔のような叫び声を上げ、Nさんは冷蔵庫を軽々と投げつけた。

ガシャン！　と凄まじい音とともに冷蔵庫が床に叩きつけられ、扉が開きガラガラと中身が外へ飛び出した。

蛍光灯がバチバチと点滅している。

倒れた冷蔵庫からブーンという機械音が鳴り、床からはギギギという異音がしていた。

地獄のような光景だった――。


絶句する弘樹さんを尻目に、母親は「すぐに連れて行くよ！」と叫んだ。

そのまま正面に手を差し出し、大声で祝詞を唱え始める。

目の前にいるNさんが、何かに取り憑かれているのは明らかだった。

母親の祝詞が、荒れ果てた居間の中に轟く。

ほどなくしてNさんは意識を失い、膝からその場に崩れ落ちた。

「除霊できたの？」

弘樹さんがそう訊くと、母親は首を横に振った。

「まだ中にいる。こんな程度では出ていかないよ。これから祠に連れて行く」

弘樹さんと母親は、意識を失っているNさんを抱えて車に乗せた。

向かった先は、■■の人たちが修行を行う祠だった。

そこは浜辺から少し内陸に入った森の中にある。祠へ続く道の入り口までは道路が通っており、その突き当たりに車を停めると、二人はNさんを抱えて祠へと向かった。

夜は暗く、鬱蒼とした木々はその暗闇に深い影を塗り込めている。

祠の近くには、小さな滝があった。

「ここでいい」

母親はそう言うと、気を失ったNさんを抱えて滝の流れ落ちる水場へ入っていった。

弘樹さんがその様子を固唾をのんで見ていると、母親は再び大声で祝詞を唱え始めた。

そしてNさんの頭を掴むと、流れ落ちる滝の流水へと突っ込んだ。

「うわあああっ！」

弾かれたようにNさんの上半身が暴れ始めた。

水音がザバザバとけたたましく響く。

Nさんは鬼のような形相で、カッと目を見開いていた。

「あんたも押さえて！」

母親に言われて弘樹さんはNさんの頭を掴み、流れ落ちる滝へと押し当てた。

Nさんは、苦悶の表情で抵抗を続けている。

流れ落ちる水は身を斬るように冷たい。

母親は、一心不乱に祝詞を唱え続けている。

「ぐぐぐ……」

呻くNさんの頭を、弘樹さんは全力で押さえつけるしかなかった。外界から閉ざされた暗闇の森で、暴れ狂う頭を滝に押し付けながら、弘樹さんは込み上げる恐怖に気を奪われないようひたすらに耐えていた。

母親の祝詞が唯一の命綱のように感じられた。

——しばらくして。

動きが止まった。

項垂れた顔を覗き込むと、それはNさんの顔に戻っていた。

穏やかな表情で意識を失っている。

無事、取り憑いているものは出ていったと母親が言った。

車に戻ってきた時である。

弘樹さんが助手席に乗ろうと扉を開けた時、ドン——と扉が何かにぶつかった。

開いた扉の外側に、何かがいる。
弘樹さんは重みのある感触を感じ、視線を上げた。
そこには、見知らぬ老人が立っていた。
目が異様に黄色く濁っている。
老人はギリギリと歯を食いしばり、怒り狂った表情でこちらを睨みつけていた。
「……」
弘樹さんは雷に打たれたように硬直して、動けなくなった。
老人はなおも黄色い目で、獣のようにこちらを睨んでいる。
そのままゆっくりと、顔を近づけてきた。
逃げようとしても体の自由がきかない。このままだと老人と接触してしまう。
目を合わせてはいけない。それだけは確信できた。
その時——。
「早く車に入りなさい！」
母親の声がした。
ふっと体が動くようになり、急いで助手席に飛び乗った。
けたたましいエンジン音が鳴り、母親の運転する車でその森を脱することができた。

「あれが、Nさんの中に入っていた奴の正体だよ」

森を抜けたところで、母親はそう教えてくれた。

車の中で、正気に戻ったNさんは恐怖に震えて泣いていた。


「Nさんがなぜそんな目に遭ってしまったのか——。母親に訊いたんです」

一部始終を語り終えた後、弘樹さんは言葉を続けた。その事件の理由について、後に母親が教えてくれたそうだ。それは地元に住む弘樹さんも知らなかった話である。


その集落では、何年かに一度、特別な力を持った女の子が生まれるという。幼少の頃からその特性は明確で、その子の周囲では不思議な現象が起き始める。その子自身も、見えないものを見たり、存在しないはずの声を聞いたりする。時には、これから起こることを言い当てるという事例もある。

子どもにそうした特徴が現れた時、それは親による申告なのか、それを監視する人たちがいるのか不明だが、「■■になる申し子」として密かに選ばれるのだという（■■とは、先に述べた通りその集落で特殊な力を持つ神職の呼称である）。

選ばれた子どもは聖地とされる祠へ集められ、特別な修行に入る。そうして修行を経たあかつきには、神職の中でも特別な存在として祭事や御祈祷、除霊を執り行うことになる。そのような定めが、古くからその集落にはあるのだという。

しかし、そこには一つ重要な掟があった。

「■■の申し子」として選ばれた子どもは、それを拒否することはできない。

もしその道を拒絶した場合、その子は自身の霊力を自制することができなくなり、精神に大きなダメージを抱えることになる。そして、怨霊や悪霊に取り憑かれる器となり、強い霊障に悩まされるようになるという。

実は、Nさんはそうした「■■の申し子」として生誕した女の子だった——。

神童と呼ばれるほどの霊力があり、神職の人たちの間でも一目置かれていた存在だったそうだ。Nさんは幼少の頃より、すぐに祠へ入り修行をすることになった。

しかし、彼女にとってそれは望んだ人生ではなかった。修行の厳しさだけではなく、現世を逸脱した霊的な世界に対しても強い拒否感とストレスを抱え、結局彼女は神職の道から外れることを選んだ。

「周りの大人たちはNさんにその後何が起こるかわかっていたから、なんとか祠へ戻るよう説得したみたいなんだけどね。ただ、これぱかりはNさんの人生だし。かわいそうだけど……」

今回のことは、これからも続くことになるだろうと母親は教えてくれた。

弘樹さんは現在、東京に住んでいる。都会で生活していると、地元に存在する不可思議な出来事というものが、どこか伝聞による風習のように感じられることもある。しかし、自身が見たその怪異は、今でも鮮明に記憶の中に残っているという。

高専の寮

堤さんという女性から聞いた話である。

彼女の地元は徳島県の田舎だった。

幼少の頃から自然に囲まれた環境で伸び伸びと育ってきたが、中学を卒業後、遠方にある高専（高等専門学校）へ進学することになった。遠方とはいえ電車とバスを乗り継げば通えない距離ではなかったのだが、その高専には女子寮があり、通学が難しい生徒を受け入れていたため、堤さんはその寮へ入ることにした。

その後大学へ進学するにせよ就職するにせよ、いずれ地元を離れることになる。ならばこの期間、親元を離れて一人暮らしをする予行練習にもなるだろう。そんな親の考えもあり、入寮に際しては親がいろいろと支援してくれたという。

幸いその女子寮は、相部屋ではなく個室だった。自分だけの部屋があるというのは、精神的な逃げ場にもなり安心感がある。特段、不安な要素はなかった。

その部屋を見るまでは——。

入寮当日。

荷物を抱えた堤さんは、寮長に案内されてその部屋に入った。机が一つ、ベッドが一つという簡素な作りだが、学生の一人暮らしには充分である。陽当たりも悪くない。

しかし部屋を見た途端、堤さんは足元から崩れ落ちるように座り込んでしまった。

「ここ、何かいる」

実は堤さんには、以前から妙な直感力というものがあった。

事件・事故があった場所や、人が痛ましい亡くなり方をした場所など、悪い気の溜まる場所に行くと頭痛がして強い不快感を覚えるのだという。実在しない不可解なものを目にすることも何度かあった。それが世間一般でいう「霊感」というものだと知ったのは、だいぶ後になってからだ。

その部屋に入った時、かつて何度か経験してきたその強い嫌悪感に襲われたのだった。

あまりにも突然だったため驚く間もなく、込み上げてきた吐き気を抑えるため口を塞いで座り込むことしかできなかった。

「堤さん、大丈夫？」

寮長が言葉をかけたが、納得してもらえるような説明をできる気がしない。

「すみません。私、この部屋なんですよね」

部屋を替えて欲しいというのが本音だったが、さすがに今から部屋を変更してもらうのは気が引けた。他の部屋には別の生徒が入っており、部屋割りについては確定事項だという説明も受けている。

「そうだけど、何か気になることでもある？」

「いえ、そういう訳じゃないんですが……」

結局、堤さんにはその部屋に入る以外、選択肢はなかった。

しかし、幸いなことにその不快感は最初だけだった。初めて親元を離れたことで、少し精神的に不安定だったのかも知れない。きっと新しい環境に緊張していて、考え過ぎていただけなのだろう。彼女はそう自分に言い聞かせることにした。


寮生活が始まって三ヶ月ほどした頃。

夕食を終えて、堤さんは自室で本を読んでいた。初夏になり少し暑い日だったため、窓を開け、入り口の扉を少し開けた状態で部屋に風を通していた。その時である。

とつ、とつ、とつ……。

廊下から足音が聞こえた。
ゆっくりとこちらへ向かって近づいて来る。
堤さんは振り返って廊下の方を見た。
入り口の扉が二十センチほど開いており、薄暗い廊下が見える。
足音は徐々に近づいて来ていた。
堤さんが息を呑んだ次の瞬間――、開いた扉の隙間から廊下を歩くその姿が現れた。
赤い服を着ている。
女の人だ。
だらりと垂れた手は、白くて皺だらけだった。
顔は見えない。
上体を前に屈めていて、長い黒髪が前に垂れている。
引き摺るような足取りで、その女はゆっくりと扉の前を横切って行った。
「……誰？」
この寮にいる人ではない。
堤さんは立ち上がると部屋の外に出た。
廊下には誰もいなかった――。

七月に入り、学期末に近づいてきた頃に気がついたという。その寮に、空き部屋が目立つようになっていた。なぜか一人また一人と、退寮する生徒が増えていったのだ。理由はわからない。

不思議なことに、堤さんはその状況に違和感を覚えていなかった。寮生活が始まった当初は、空き部屋ができれば部屋を替えてもらおうと考えていた。しかし、今となってはそんなことすら忘れている。

気がつくとその寮にいるのは、堤さんともう一人の女生徒Sさんだけになっていた。

冷静に考えると、始業してたった三ヶ月で空室だらけになっているということが奇妙である。最初に堤さんが感じた嫌な直感というのを踏まえると、なぜ堤さんが真っ先に寮を出ようと思わなかったのか——。不思議なことに、その時点で堤さんにはなんの危機感もなかった。それどころか、部屋の違和感についても無関心になっていた。

そんなある日の夜。

堤さんは夕食を終えて、寮の談話室で休んでいた。

すると、寮に残っているもう一人の女生徒Sさんに声をかけられた。

「堤さん、あれから大丈夫なの？　やっぱり夢でも見てたっていうこと？」

不安そうな表情で彼女が言う。何を問われているのか、わからなかった。

「なんのこと？」

「いや、あの女の人のことだけど」

堤さんは、首を傾げる。

「女の人って？」

「え？　だから、あなたが毎晩話してた赤い服を着た女の人のこと」

そんな話はしていない。

Sさんは眉間に皺を寄せた。

「堤さん、私のことからかってるの？　あなた、毎晩赤い服の女が部屋に現れるって言ってたじゃない」

赤い服の女――。

思い当たるのは、以前廊下で見たその姿だけだった。

「Sさん、それどういうこと？　私がそんな話してたの？」

Sさんは怪訝そうな顔をしていたが、堤さんが揶揄している訳ではないということを理解したようだ。「本当に覚えてないの？」彼女はそう言うと堤さんの隣に座り、堤さんが話していたということを教えてくれた。

一週間ほど前のことである。

Sさんは、堤さんからこんな話をされた。

「このところ毎晩、私の部屋に女の人が現れるの。その人ね、赤い服を着ていて……。背中を向けているから顔は見えないのよ。ベッドに横になった時に、気がつくとその女の人が立ってるの。何がしたいのか、わからないんだけど。そのうち私も頭がぼんやりしてきて。気がつくと、いつの間にか消えてるんだよね」

部屋に知らない女が現れるというのは異常である。不法侵入であれば事件として扱った方がよい。ところが堤さんは、まるで他人事のような態度で話していたという。

「堤さん大丈夫？　それって知らない人だよね？　寮長に言った方がいいよ」

Sさんがそう言っても、堤さんは「そうかなあ。別に何もしてこないし」と軽い返事を返すのみだった。

最初Sさんは、堤さんがおかしな夢でも見ているのだろうと思っていた。

しかし、毎晩それが続いているという。

そしてとうとう昨日、堤さんはこんなことを言い始めた。

「あの赤い服の人、そろそろ顔が見えると思うの。相変わらず背中を向けているんだけど、毎晩部屋に来るたびに、ちょっとずつ顔がこっちへ向かって振り返るように動いているんだよね。昨日はほとんど顔が真横を向いていて……。髪が長いから表情は見えなかったけど、きっと明日の夜になったら、もっとこっちを向くと思うから」

やっと顔が見えるようになるの。

私、あの女の人の顔を見たら、
死ぬと思う——。

あははは。

堤さんは、笑っていた。

からかっているのかもしれない。それともやはり夢の話なのだろうか。あまりに異様な堤さんの言動にSさんは困惑していたが、いずれにせよ彼女の様子がおかしいのは事実である。Sさんはいよいよ心配になってきた。そして今日、談話室に座っている堤さんを見かけて声をかけたのだという。

「私、本当にそんなこと言ってたの？」

堤さんは、Sさんからその話を聞いて驚愕した。

まったくそのような記憶はなかったからだ。

以前目撃した赤い服の女のことは、誰にも話したことがない。
当然、Sさんが作り話でそんなことを言うとは考え難い。
思い返すと、ここ最近の夜の記憶がない。
部屋が怖い。
私は、本当に私だったのだろうか。
――堤さんは親に相談し、その寮を出ることにしたという。

神薫

じんかおる

蛇憑き

　つい最近まで、佐倉君は怖いもの知らずだった。

「心霊スポットを荒らすのが好きでして。もちろん違法なのはわかってましたが、窓ガラス割って建物に入ったりなんか、日常茶飯事でしたね」

　度重なる不法侵入にもかかわらず、佐倉君は一度も警察に捕まったことがない。

「障（さわ）るとか祟るとか、おっかない噂があるところほど気持ちが盛り上がっちゃって。ずいぶんとやんちゃなことをしてきました」

　手あたり次第に空き家の家具を破壊するなど、彼は同行者が引くほど暴れまわり、暴虐の限りを尽くしてきたそうだ。

　触れるだけで呪われるという噂の地蔵に鼻くそを擦（なす）りつけて蹴り倒しても、彼には何一つ障りはなかった。事故で亡くなった人々を弔う石碑に小便をかけても、墓地のお供え菓子を端から踏み潰して歩いても、怪我一つすることもなかった。

皆が畏れ敬う物を汚損することは、自分にしかできない偉業のように思えて、彼は毎日のように破壊活動にいそしんでいた。

そんな折、佐倉君は恋に落ちた。

「大学で同じ講座をとっていた女子。ルックスがガチ好みで、一目惚れでした」

行動力のある佐倉君のこと、思い立つなりすぐさま彼女に告白したのだが、返事は残念なものだった。

「無理、付き合うとかどうとかのレベルじゃない。君、蛇憑きだもの」

「ヘビツキ？」

「胴体に大きな蛇、ぐるぐる巻きにしてるじゃん」

この娘、霊感女だったのか。戸惑う佐倉君に、彼女は畳み掛けてきた。

「君の悪い噂、知ってるよ。でもそれ全部、蛇がやらせているんだよね」

彼女によれば、憑いている大蛇は霊を餌にするため、佐倉君は蛇の影響で心霊スポットに行きたくなるのだという。佐倉君がやんちゃをして霊をおびき寄せたところで、蛇がこれを喰らっているのだとか。

「蛇憑きの男なんて無理」と彼女にふられた佐倉君は、生まれて初めて深く落ち込んだ。

「憑いてる蛇のせいで、可愛い子と付き合えなかった。だから、心からお祈りしたんです」

学校をさぼって家に籠り、佐倉君は「お願いだから俺から離れてどこかへ行ってくれ」と蛇に祈り続けた。

「とにかく、まっさらな身になって、もう一度彼女にアタックしたかったんです」

不眠不休で祈り続け、三日が過ぎたころ。

跪く佐倉君の胴から左腕にかけて、何か重量を持つ長い物がズルズルと動いていく感覚があった。左手の先からふっと重みがなくなり、思わず立ち上がると体が軽くなったように感じる。

「やった、蛇が出て行ってくれたんだ！」

安堵から、佐倉君はそのままベッドに倒れ込むと、眠りに就いた。

そして、次に彼が目を覚ました時、全ては変わってしまった。

学校で愛しい彼女の姿を見て、佐倉君は衝撃を受けた。

あんなに恋焦がれていた彼女のことが全然、魅力的に思えないのだ。燃え上がるような恋をして、ほんの数日前まで「付き合えなければ死んだ方がまし」とまで思っていた彼女なのに、どうしたことか。

変わったのは、彼女のことだけではなかった。

「それまで熱中していたことに、何の興味も湧かなくなってしまいました。蛇が離れる前と後で、自分の中身が変わってしまったようなんです」

日を置かずに通っていた廃墟や心霊スポット探訪も、やる気が起きずに止めている。

「でも、昔の俺の方が本当の俺らしかった。俺は、今の自分が好きじゃない。蛇は、失ってはいけない俺の大切な一部だったんじゃないでしょうか」

蛇を呼び戻したいと願う佐倉君だったが、何の手がかりも無く、無気力なあまり大学をも中退してしまった。

「あの子を好きになったのも蛇、心霊スポットが大好きだったのも蛇。本当の俺はきっと蛇で、今の俺は、ただの抜け殻なんですよ」

佐倉君は現在も蛇の帰還を待ちわびている。

気持ちのいい部屋

日野さんは実家から独立するにあたり、お得な賃貸物件を探していたのだという。

「不動産屋には最初から、〈事故物件でいいから、家賃の安い部屋〉をお願いしたんです。いろんな土地で無数の人が死んでるんだし、自分はそういうの気にしないたちなんで」

合理的な性格の日野さんは霊体験をしたこともなく、オカルトに興味もなかった。

「今住んでいる物件は、室内で自殺があったそうです。どこでどうやって死んだかとか、敢えて詳細は聞きませんでした」

紹介された物件はマンションの角部屋と条件が良く、相場の半額以下と、駅近にしては破格の賃料である。敷金礼金も不要とあって、日野さんは内見もせぬうちにその部屋を即決した。

不動産屋と契約書を交わし、鍵を渡されて初めて新居に入ると、日野さんは嬉しくてにんまりとしてしまった。

「築三十年以上の建物だから、外見はくすんでそれなりですけど、俺の部屋は壁も床もキレイに張り替えられてピカピカだったんです」

安い家賃で新築並にリフォームされた部屋に住めるなんてラッキー。その時は、そう思っていた。

何かがおかしいと思ったのは、入居して数日後からだ。

「毎日ではないんですけど、繰り返し変な夢を見るんです。いつも同じ夢」

寝入りばなに日野さんがうとうとしていると、何故か呼吸が苦しくなっていく。

「重たい何かが首に引っかかっているような感じですね。なんだか苦しいな？　って思っていると」

眼前に、キラキラと瞬く光が広がる。七色に輝くそれは見惚れるほどに美しく、息苦しさをしばし忘れるほどだ。

まばゆい光に包まれて数刻後、とてつもない快感に日野さんは襲われる。

「ぶっちゃけ、性的な快楽とか目じゃないです。もの凄く気持ちがいいんです。経験はないけど、もし違法薬物を打ったらこんな感じになるのかも」

光り輝く世界で快楽に身を委ねる彼を、にこにこと微笑んで見つめる者たちもいる。

「最初はあまりに光が眩しくて、そこに誰かいるのもわからなかったんですけど、繰り返し夢を見るうちに、彼らのことがだんだんとわかってきました」

それは高齢の男、中年女、中年男の三人で、いつも同じ顔ぶれである。

「会ったこともない、知らない人たちなんですが、僕を見つめる視線が優しいんですよ」

三人の人物から、日野さんは歓迎されていると感じる。

多幸感に包まれて目覚めると、現実の素っ気なさに呆然としてしまう。自分が居るべき世界は先刻の、光の中であるべきと思う。

「いつあの夢をまた見られるかなあって、最近はそれだけが楽しみで生きているんです」

うっとりと微笑む日野さんだったが、笑顔にそぐわぬぎらつく目つきに、何処となく危うさが感じられた。

合理的な物事を好む日野さんは、その部屋が事故物件と知った上で、安い家賃で快適な生活を享受している。過去に自死した前住人が居ることも気にならないし、詳細を知るつもりもないという。

そこで、勝手ながら当方が日野さんの現住所を事故物件紹介ウェブサイトで検索してみた。該当アパートには前情報の通り、瑕疵(かし)を知らせる炎上のマークが付されている。

ただ意外なことに炎は一つではなく、同建物内に三件が重なって灯されていた。

物件の情報コメントには「高齢住人が首吊り」「女性が縊死(いし)」「前住人が首を吊って死亡」

などとあり、それが日野さんの言う〈夢の中の三人〉とすれば妙につじつまが合う。

高いところから首を吊り、体が宙に浮く場合はすぐに意識が失われる。

しかし、足を地につけたままドアノブなど低いところで首を絞めていくと、ゆっくりと血流が遮断され、脳圧が上がることにより脳内麻薬の一種、エンドルフィンが分泌される。マラソンやサウナで「ととのう」時に出る多幸物質として有名なあれだ。エンドルフィンには鎮痛作用があり、気分の高揚をもたらすことで知られる。

日野さんが夢だと思っている現象は、夢ではないのではないか。彼はひょっとすると、縊死した前住人達の死の過程を追体験させられているのではなかろうか。

そして、日野さんが招かれている世界は……。

全ては憶測でしかなく、日野さんは夢を見ることを楽しみに、現在も目を輝かせながらその部屋に住み続けている。

死んでも読みたい

「あの漫画、大長編なのでいつ完結するかわからないですけど、ファンとして紙のコミックスを買い揃えてます。悩みは置き場所ですね、うち、あまり広くないので」

凛花さんは某人気青年漫画の大ファンだ。何度も実写映画化されており、累計部数一億部突破を記録した、あの歴史漫画。強烈なキャラクター性と熱いバトルが魅力なのだとか。

その日も凛花さんは、人気漫画の新刊を発売日当日に書店で買ってから帰宅した。新刊のビニールパックを剥（は）がし、夢中になって読んでいるうちに、いつしか彼女は寝落ちしてしまったらしい。

一時間ほどうたたねしていたろうか。目覚めた凛花さんが漫画の続きを読もうとコミックスを手にしたところ、ページから唐突に煙草の臭いが立ち上った。

「えっ、と思いました。中古本じゃなくて新品だし、寝落ちするまで煙草の臭いなんかしなかったのに。一人暮らしで私は吸わないのに、なんで？　って」

その時、数ヶ月前に早逝したヘビースモーカーの兄も、生前この漫画の大ファンだったことを、ふと思い出した。

「全く、水くさい兄ですよね。私が寝てる隙にこっそり漫画を読んでいって、顔も見せないなんて。まあ別に、私は特別兄に会いたいわけでもないんですけどね」

果たして、霊が本を読むことは可能だろうか。ポルターガイスト現象など霊が物を動かす事例は知られているが、それは一瞬の物の移動であって、読書のように、長時間本を保持してページをめくり続ける動作ではない。

もしかしたら、凛花さんは寝落ちしたのではなく、死んでも漫画を読みたかった兄に憑依され、意識を失っていたのかもしれない。

そんな想像をしたものの、気を悪くされてもいけないのでこの思いつきは話さないでおくことにした。

赤ちゃん人形

小学生の頃、鍵っ子の更紗さんはサオリちゃんという女の子とよく遊んでいた。

「内気な私はいつも、サオリちゃんの言うなりだった。いつもはうちで一緒に本を読んだり、お絵描きしたりしていたけど、その日は珍しく、近所の家に行こうよって言われて」

サオリちゃんに腕を引かれて、更紗さんは知らない家に連れて行かれた。

新しくも古くもない、至極普通のありふれた家だった。その家のドアに鍵はかかっておらず、サオリちゃんはまるで自分の家であるかのように、呼び鈴を鳴らさず靴を脱いで上がり込んでいく。

「この家にはね、可愛い赤ちゃんがいるんだよう」

サオリちゃんがそう言った途端、「うやぁ」と赤ちゃんの泣き声が聞こえてきた。

見れば、長い廊下の片隅におくるみに包まれた赤ちゃんがいる。

「まだ、はいはいも出来ないちっちゃな赤ちゃんが無造作に廊下に置いてあったの」

顔を真っ赤にして泣きわめく赤ちゃんを前に、更紗さんはどうすればいいかわからず固まってしまった。

「おー、よちよち。いい子、いい子」

サオリちゃんが慣れた手つきで抱き上げると、赤ちゃんはすんなり泣き止んだ。

「可愛いねえ。ほら、更紗も抱っこしてみる?」

サオリちゃんがいたずらっぽい目つきでこちらを見てくる。

「私、一人っ子なので、本物の赤ちゃんを抱っこしたことがなくてね。落っことしたら怖いし気が進まなかったんだけど、サオリちゃんの言うことは絶対だったから」

恐る恐る、サオリちゃんから赤ちゃんを受け取る更紗さんだったが、触れるなり激しく泣き始めた赤ちゃんに驚いて、思わず突き返してしまった。

「私、帰るね」

赤ちゃんとまだ遊んでいくつもりらしきサオリちゃんを残して、気まずくなった更紗さんは一人で家に戻った。

サオリちゃんはすごいな、子供なのに赤ちゃんの抱っこが上手くて。私なんて、全然ダメだ。

抱っこの練習というわけでもないが、部屋にあった赤ちゃん人形を抱き上げる。

「寝かせると目を閉じて、体を起こすと目を開けるタイプの赤ちゃん人形。当時はすごく流行ってて、私のお気に入りだった」

腕に抱いたソフトビニール製の人形はいつもより柔らかく、ずっしり重く感じられる。人形を抱き起こすと目蓋が開いたが、そこに人形のつぶらな黒い瞳はなかった。湿った粘膜がぬらぬらと光り、赤く血走った目がこちらを見上げている。

「ヒッ!」

思わず人形を放り投げて自室を飛び出すと、いつ来たのだろうか、玄関にサオリちゃんが立っていた。

「更紗。一緒に赤ちゃん、返しにいこ?」

先ほど人形が生の目玉を剥いてきたことに動揺しているし、サオリちゃんの言葉の意味も理解できなかったが、「サオリちゃんの言うことは絶対だったから」更紗さんは従った。

サオリちゃんに手を引かれて再びあの家に戻ると、門の前で老人が待っていた。

「男か女かもわからない、痩せて皺くちゃなお年寄りだった。かろうじて胸に少し膨らみがあったから、お婆さんだったのかな」

老人は、おくるみに包まれた赤ちゃん人形を抱いていた。その人形は、大きさといい顔立ちといい、先刻訪問した際に泣いていた赤ちゃんによく似ていた。

「さあ、貴女。この子に触ってちょうだい」

老人は、ずいっと赤ちゃん人形を更紗さんに差し出してくる。

サオリちゃんにも促されて更紗さんが人形にタッチすると、たちまち赤ちゃん人形が大声で泣き出した。

冷たいソフトビニール製の顔に赤みが差し、目元には大粒の涙が浮いて顔中に皺が寄る。

それはまさしく生きている赤ちゃんに見えた。

「ああよかった、うちの子が戻って来た。もうよその子についていっちゃだめよ」

老人は赤ちゃんになった人形を抱きしめて、二人に家から出ていくように促した。

更紗さんの家に向かう帰路、サオリちゃんが話しかけてきた。

「あーあ、これであのおうちに更紗を連れてけなくなっちゃった！」

どうして？　と問う更紗さんに、サオリちゃんは答える。

「だって、更紗があのうちの赤ちゃんをくっつけて帰っちゃったからさ」

「私、そんなことしてないもん！」

否定する更紗さんに、サオリちゃんは微笑みかける。

「更紗は、生まれなかった子に好かれる体質だから、あのうちの赤ちゃんもうっかりくっついちゃったんだろうねー」

気味の悪いことを言わないで、と怯える更紗さん。

更紗さんの耳元に口づけるようにして、サオリちゃんはこう言った。

「私も生まれなかった赤ちゃん。更紗はとっても居心地がいいから、私、あなたの中に住んでるの」

そう言うなりサオリちゃんは更紗さんの右側の耳の穴に吸い込まれて消えてしまった。

混乱した更紗さんは、母親の帰宅を待ってサオリちゃんとのことを打ち明けた。

ところが、母親は近所にサオリという名の女児はいないと言う。

そんなはずはないと二人でお絵かきをした紙束を出してみると、そこには更紗さんの描いた絵しかなかった。そういえば、これまでサオリちゃんとはさんざん遊んできたが、いつも遊ぶのは更紗さんの家であり、サオリちゃんの家で遊んだことは一度もなかった。

「母が言うには、私は本当は双子だったんだって。生まれる前に名前も決めていて、紗織と更紗の姉妹になるはずだった」

双子として母の胎(はら)に宿った子は、ほどなくして更紗さんのみになっていた。医学的にバニシング・チャイルドと呼ばれる、双子のうち生命力の強い方が、弱い方を吸収する自然現象であった。

「老人と、赤ちゃんだか人形だかわからないものがいた家のことも、気になって記憶を限りに捜してみたんだけど、結局見つからなかったな」

あの日、正体を明かしてからというもの、サオリちゃんが更紗さんの前に姿を現すことはなくなった。

「でも、私は寂しくはないよ。私の中に住んでいるって紗織ちゃんが言ったんだもの。ずっと、一緒にいてくれてると思ってるから」

そんな更紗さんの職業は、保育士だ。

かつて紗織さんから「生まれなかった子に好かれる体質」と言われたので、「それなら、生まれてきた子にも好かれるだろう」と思ったからだという。

今のところ、その見立ては正しいようである。

嫌煙家

乃亜さんは嫌煙家で、歴代の彼氏もみな吸わない男性ばかりだという。

「コロナも明けたんで、彼氏と観光旅行に行った時のことでした」

乃亜さんと彼氏は風光明媚（めいび）な観光地、A県にあるホテルに宿泊することにした。

「嫌煙家同士だから、全室禁煙設定ホテルにしたんですけど、失敗しちゃって。そこ、喫煙者のためにエントランス脇に灰皿が置いてあるんですよ」

全室禁煙設定ホテルとはいえ、敷地内全面禁煙とは限らない。ホテル側が設置した灰皿で、室外で喫煙する分には問題ないというスタンスだが、おさまらないのは乃亜さんだ。ホテルを出入りするたびに、嫌いな煙草の臭いを嗅がされてはたまらない。せっかくの旅行なのに、ホテルを選んだ彼氏と言い合いするなど、さんざんな一夜となった。

翌朝、観光のためホテルをチェックアウトすると、よりにもよってそのタイミングで灰皿の傍に煙草を吸う男が現れた。真っ青なパーカーを着た年齢不詳の男だった。

乃亜さんが横を急ぎ足で通り過ぎるとき、チラリと見ると男は首をゆらり、ゆらりと左右に揺らしながら灰皿に煙草を押し付けていた。

男の横を通りしな、「煙草くせえんだよ！　バーカ」と彼氏が吐き捨てる。

ホテルの駐車場で彼氏の車に乗り、ドアを閉めるなり運転席側の窓がノックされた。

ノックしてきたのは鮮やかな青いパーカー。喫煙所で首を揺らしていた男だ。

「彼は声が大きいから、文句言ったのが聞こえちゃったんだと思う」

男の顔は無表情で、怒りの表情すら浮かんでいないのが、かえって恐ろしかった。

助手席で凍り付く乃亜さんと、ハンドルを握ったまま微動だにしない彼氏。

青パーカー男は首をゆらゆらと振りながら、コンコンとノックを繰り返した。

やっと彼氏がエンジンをかけ、「どけよバカ！」と窓ごしに怒鳴ると男は消えた。

消えた、としか言いようがない。車高より低くしゃがんだのか寝転んだのか、車内にいる乃亜さんらから、男の姿は一瞬にして見えなくなった。

彼氏は舌打ちすると車を出した。ホテル敷地から車道に出る際、乃亜さんは振り返ったが、青いパーカー男の姿は見当たらなかった。

気を取り直して観光を楽しもうとした乃亜さんだったが、その日のドライブは不愉快極まりなかった。運転中も信号待ちでも、彼氏が首を左右に揺らすのだ。

「危ないから、首振るのやめてよ！」と乃亜さんが注意しても、彼氏は「えっ、そんなことしてた？」ととぼける始末。

また、彼氏が首を横に振る。先程の青いパーカーの男の動きをトレースするように。

「また振ってる！　ふざけてるの？」

「お前こそさっきからなんだよ、そんなことしてねえって！」

そんな不毛なやり取りが車内で幾度となく繰り返され、旅行は中断を余儀なくされた。


旅行から数日後、乃亜さんは彼氏と仲直りのデートを企画した。

ところが、駅の改札で待ち合わせしたのに約束の時間になっても彼氏が来ない。

彼氏はいつも私より先に来て待つタイプの人なのに、どうしたのだろうか。スマホに連絡もない。

彼氏を捜して周囲を歩き回るうちに、乃亜さんは首を振る男を見つけた。

駅の片隅にある喫煙所に、首を振る男が二人。

そのうち一人は真っ青な服を着ている。

煙の臭わない距離から、じっと目を凝らす乃亜さん。

目の覚めるような青いパーカーの男と、乃亜さんの彼氏が並んで灰皿を囲み、シンクロする動きで首を振っている。

思わず息をのんだ瞬間、青いパーカーの男がにやりと笑い、彼氏におぶさるようにして消えた。灰皿の脇に独り残された彼氏は、首をいっそう激しく左右に振り続けていた。

声をかける気にもなれず、そのまま彼氏を喫煙所に放置して乃亜さんは帰宅した。

それきり、互いに連絡をとることもなく二人の仲は終わってしまったのだという。

「憑かれた彼を捨てて酷いとかって思います？　あの青パーカーが死霊でも生霊でもどっちでも、私にはどうでもいいんです。なんなら、彼に首を振る癖がついてたって、我慢できないこともなかった」

乃亜さんが耐えられなかったのは、彼氏が喫煙所に佇んでいたこと。

「私、煙草の臭いはマジ無理なんで。喫煙所で煙草の臭いをまとった人に近づくのも無理。そもそも、彼が喫煙者になんて話しかけるから、とり憑かれる羽目になったんですよ」

乃亜さんは新しい彼氏募集中である。恋人の条件はもちろん嫌煙家であることと、喫煙者と一切関わりを持たないことだそうだ。

雨宮淳司

あめみやじゅんじ

剃刀憑き

澤村君は高校を出てから配送の仕事に就いたが、そこの職場でロッカー荒らしの嫌疑をかけられて居づらくなって辞めてしまった。

職員の財布の現金がいつの間にか減っているとか、備品の何かが無くなっているとか、澤村君が入ってからそういう事が時々あったので、疑っている人もいたようだ。

ロッカー荒らしは澤村君の行ったことではなかったのだが、逆に利用されたような気がして危険を感じたのだった。

自分は、そんな派手で証拠が残りそうなことはしない。

外部からの侵入は考えづらく、結局真犯人は分からなかったが、どうせいずれは尻尾を出すことだろう。

盗みは癖になる。そいつが捕まった頃に顔を出せば、また雇ってくれそうな気がしていた。

シャワーを浴びて、さっぱりしてから駅前のインターネットカフェを出た。

朝のラッシュアワーが始まる。

駅へと向かう群衆に紛れながら、ポケットの中のカッターナイフを握りしめる。

ビジネススーツを着用して、外見は全く平凡にしている。同じ時間の同じ電車には乗らない。三日前の揚がりは財布二つで、現金は総額二十万円を超えていた。

カード類には興味がないので、財布ごとさっさと捨てていた。

改札を抜けて、人で溢れるホームへ移動。

狙い目は、女性のなるべく小さなボディバッグやショルダーバッグ。仕立てが良かろうが安物だろうが、あれはどこを切っても財布が出てくる。

が、数人周辺に見つけたが皆、電車の待ち合い列の前の方にいる。

あれだと乗り込んだときにそばに近づけない。

つまり、「切り取り」は乗車の一瞬が勝負なのだ。

ふと見ると、大学生くらいの若い女が目の前にいた。

小ぶりのリュックを背負っている。人造皮革製の既知の奴だった。

澤村君は有名メーカーのバッグやリュックの構造と貴重品ポケットの位置は、ほとんど記憶していた。

背丈も都合がいい感じで、身形もいいから結構金を持っているのではないか。

完全にマークして、電車が滑り込んだときに女性の背後の位置取りに成功した。

次の駅で人が増えて、満車状態になった。

袖の中に仕込んでいたカッターの刃を出し、手首を返して下側から刃を入れる。

プスリという感触。

ここで力を入れると勘付かれるので、電車の振動で自然に切れていくのを待つ。

じわじわと切れ込みが広がった。

内部ポケットの下側に達するまで刃を伸ばす。

何か刃先に感触があり、ポケットの厚みだろうと思って少し刃を押した。

……？　湿った綿か何かが詰まっているような？

その時、

「ギャウェエエ！」

と言うような、皺枯れた悲鳴が車内に轟いた。老婆のような声だ。

澤村君は明らかにリュックの中から悲鳴が上がったと思ったが、車内の客は、「何だ？」と、皆天井の辺りをキョロキョロと見回している。

その隙にカッターを仕舞い込んだ。

リュックの女も辺りを見回しており、車内はざわついていたが、やがて誰かのイタズラか、とんでもない声を着信音か何かに設定していた馬鹿がいたのだろうという感じになって、次の駅に着く前には平常に戻っていた。

その駅で、澤村君は降りた。

トイレに向かい、個室に入ってからカッターの刃先を確認した。

何か赤黒いものがこびり付いている。

トイレットペーパーで拭き取ると、それは乾いた血液のようであった。


そのまま昼間は最寄りの遊園地に立ち寄り、人混みの具合を観察した。

アトラクションの順番待ちの列など狙い目かもしれない。

防犯カメラの位置を確認し、死角になる何カ所かを発見した。

フードコートで饂飩を啜りながら、今朝の電車でのことを考える。

やはり、あの時の悲鳴はあのリュックの中から発せられたものだと思えた。

……しかし、あの大きさの中に人間が入るわけはない。

では何なのか？

考え込んでしまったが、いつまでも結論は出ず、不思議なこともあるものだと思いながら、席を立った。

　夕方、自宅へ戻った。

　茶の間で、今年八十になる祖母が仏頂面でテレビを見ている。老人にありがちなのだが最近徐々に性格変化を来しており、気に入らないことがあるとすぐに癇癪を起こす。

　隣の家の家人が庭にホースで水を撒いていたのだが、それが柵越しに自分の育てているトマトだかキュウリにかかったと言って猛烈な勢いで怒鳴り込んだらしい。

　水がかかったことの何が問題なのかという話は通用せず、もはや合理性のない自分だけの世界に住んでいるようだった。

「冷蔵庫にアイスがあるよ」

　今日は、しかし幾分機嫌がいいようだ。どうしてと考えて、今日は年金の受給日だったとすぐに思い浮かんだ。

「仕事は忙しいのかい?」

　祖母には仕事を辞めたことは伝えていない。そろそろハローワークなりに行ってもいいのだが、もうしばらくはブラブラしていても構わない気がする。

「まあね。ヘトヘトなので……風呂に入るよ」

澤村君の家に両親はいない。父と母は東京か何処かで所帯を持ったが何かのトラブルがあって、母親だけ実家に逃げるように戻ってきた……らしい。

籍は入れていなかったらしく、その後全く連絡もしていないので生死さえ不明である。

母親も酷く情緒不安定で、澤村君が五歳の頃に剃刀で両手首を深く切る自殺騒ぎを起こした。そして、一月くらいして入院先の病院から退院したが、そのまま行方知れずになってしまった。

所在は分からないが、時々家の電話に無言の着信があるので、おそらく生きてはいるんだろうと澤村君は思っている。

晩飯を食べて、自分の部屋に引っ込んだ。

スカスカの本棚に数冊だけ突っ込んである、古びた本の頁(ページ)を捲(めく)る。

寺山修司の歌集。

元々は母親の持ち物だったのだが、他のものは処分してしまったので、今では縁(よすが)はこれだけになってしまっていた。

しかし、そういう感傷は別にして、澤村君はこの本に載っている歌が好きだった。

最初は祖母が母の荷物を整理しているときに、たまたま手に取ったそれの、

――わが喉があこがれやまぬ剃刀は眠りし母のどこに沈みし

という歌に衝撃を受けたのが始まりだった。

その頃はまだ少年だったし、感傷が感受性を揺さぶったのに違いなかった。

が、読み込んでも読み込んでも難解なその本が、気が付いたらいつの間にか手に取っているくらいの愛読書になってしまっていた。

そして、時々不思議に思うことがある。先の歌もそうなのだが、剃刀の出てくる歌が九首くらいある。結構、目に付くのだ。

……何でまた？　歌の世界に、不穏な感じを出したかった？

……寺山は何を考えていたのか？

そんなことを思い巡らせているうちに、やがて寝入ってしまった。


朝になり、今日は実家からの「出勤」になった。

最寄り駅は割と近い。しかし、わざわざ乗降客の多い駅へとバスで向かった。

乗り込む際が勝負なので、これは仕方がなかった。

スーツは昨日と違うものに変えている。

変な挙動をしないように自制し、自然体でショルダーバッグを提げた女性の後ろに付いた。

……もう三分くらいで電車が来るな。

そう考えたとき、

「ちょっと」と言って、袖を引っ張った女がいた。

「何で……す」思わず口籠もる。

昨日の、あのリュックの女だった。

「昨日、私の傍で電車に乗っていましたよね?」

「何のことですか?」

「何のことですって? ……あ、痛」

女はそこまで言うと、急に額の辺りを押さえて苦しそうに俯いた。

電車がすぐそこまで来ているが……ここで突き放すと、トラブルと思われて駅員が来るかもしれない。

「……大丈夫か?」

「……少し、そこまで付き合ってくれない?」

「断ったら?」

「大声を出すから……切り取り掏摸だって。……何か刃物を持っているでしょ?」

「……」

これは面倒臭いタイプの女だと思ったが、蹲りそうになっているので腕を貸した。

「……あれ？」

不思議そうにきょとんとして、すんなり立ち上がり顔色の悪さが消えた。

挙動が全く読めなかったが、喫緊の問題は解決しなければならない。

改札を出て、ホールにあるカフェへと向かった。

話があるのだという。

切ったリュックの弁済とか、それくらいで済むのならいいが……。

マグコーヒーを受けとって席に着くと、女は昨日とは違うリュックを横に置いて、

「私は青柳由希子と言います」と、開け放しに自己紹介した。

「俺は名前は言わないぞ」

「そんなことは、どうでもいいんだけど、あなたは一体何をしたの？」

「何の話だ？」

青柳由希子はむっとした顔をしてリュックを弄ると、ずるずるという感じで長尺の縫いぐるみの様な物を引き出した。

「『モンジュちゃん』が、死んじゃったみたいなのよ」

……一体、何を言っているんだこいつは？

　と、思ったが、更に自制して話を継いだ。

「もんじゅ……ちゃんとは？」

「私が小さい頃に、霊能力のある伯父さんに頂いた人形。大事なお守り」

　人形は紡錘形の胴体から、少し小ぶりの同じく紡錘形の手足が縫い付けられている奇妙な形をしていた。フェルト生地が薄汚れて、擦り切れそうになっていた。

「……頭が無いじゃないか」

「最初から無いのよ。……私は偏頭痛持ちで、アロディニアって言って……例えば頭の周囲で風が吹いただけでも痛みを感じる頭部痛覚異常もあった。これを貰ってから嘘みたいに治まっていたのよ」

「……」

「それが昨日から効かなくなっちゃった」

　あの時の、おそらくはリュックの中から上がった悲鳴の記憶が蘇った。

　……いや、まさか。

　あれで、何かが死んだ？

「心当たりがあるなら、これ何とかならない？」

「……ちょっと見せてくれ」

何とかなるわけはないのだが、その人形自体に何故か興味が湧いた。

手に取ってみると、手足らしき部分は中綿だけらしくふにゃふにゃだが、胴体部分には少し重量があった。

「何か入っているな」

「でも開けちゃダメだって」

「もう、そんなこと言っていられないんだろ」

胴体下部の合わせ目の部分に、薄く赤黒い染みがある。ここからカッターの刃が入ったのだろう。

ポケットからそのカッターナイフを取り出し、綴じ糸を切ってみた。

開いてみると、茶色い油紙に包まれた何かが見えた。

赤黒いものが染み出して、周囲の綿の部分を汚染している。

「何これ？」

カッターで油紙を切って、それの中身を見る。

——一丁の錆び付いた日本剃刀だった。だが、ぬらぬらとした物がへばりついており、錆と一体化してまるで電池の液漏れのような状態だった。

「……多分、血まみれの剃刀を、そのまま包んだんだろう」

持ち手の部分には籐が巻いてある。銘らしきものが微かに見えて「文殊」とだけ読めた。

「それでモンジュなのか」

「……いや、私そんなの知らなかったし」

じっとそれを見ているうちに、ある考えが浮かんできた。

馬鹿げていると何度も自分で打ち消したが、しかしそれで正解だという声がどこかから立ち上がってくる。

「何とかなるかもしれないな」

「え？　本当？」

「準備がいる。明日、またここで会おう。この縫いぐるみも持ってきてくれ」

証明のために連絡先交換をして、それぞれに店を出た。

家に帰ってから、押し入れの中を手当たり次第に探し回った。

しばらくして、見覚えのある洋菓子の缶箱を発見した。

「あった……」

蓋を開けると、ガーゼに包まれたものが、最後に見た十年以上前の姿のままそこにあった。

母親が手首を切ったときの剃刀である。

「……何でまた、そんなものを探しているんだい？」

背後にいつの間にか祖母が立っていた。

「いや、ちょっと必要で」

祖母は片手にカップ酒を持って、唇の片側からスルメの足がはみ出している。目の光が胡乱だった。

「それはあんたにとってお守りみたいなものだから、持ち出すのは感心しないね」

「お守り？」

頭の中で、あの青柳由希子の言葉が蘇っていた。

……大事なお守り。

「あんたは何にも憶えちゃいないだろうけど、五歳の頃だったか急に犬猫みたいに四つん這いで歩き出して、生卵とか生肉しか食べなくなっちまったんだよ。気味の悪い声で夜中に吠えるしね。……ほとほと困り果てていると、飲み仲間の……もうヨボヨボだったけど爺さんの一人が、これは何か憑いている。俺が何とかしてやるって言ってね」

「憑いている？」

「剃刀はないかって訊くから、それを貸してやった」

「……貸した？」

「うちにはそれしか無かったからね。で、本当は短刀でやるもんだけど剃刀療法って言って、憑き物落としに昔はよくやっていたって言っていたね」

「剃刀療法って……何だよ？」

「霊子術とか精神霊動術とか、大昔はハッタリ霊治療が沢山（たくさん）あったんだけど、それの一種だろうね。葬儀や通夜で死人の枕元に剃刀を置いたりするところもあって、元々魔除けではあったからねえ。でも、あんたの胸に剃刀を置いて、気合いを一発発したら、ケロリと我に返ったのには驚いたよ」

「……本当かよ」

「生憎（あいにく）、本当だよ」

祖母はそれ以上は何も言わなかったので、部屋に戻って剃刀を包んでいたガーゼを剥（は）がしてみた。

……昼間見た、あの縫いぐるみの中の剃刀の状態にそっくりだった。あれほど酷くはないが、ガーゼの内側は錆と混じった液体で朱色に染まっていた。

翌日、メールで指定された時間にあのカフェに向かった。

青柳由希子は先に来て席に着いていた。また気分が悪そうな表情で俯いている。

「来たぞ」と言うと、急に右手を掴まれた。

「えっ」

その手を自分の頭に持って行き、擦りつけてくる。

「何をやっているんだ」と言うと、

「やっぱりだ」と、満足そうな表情をして笑った。

「あなたの傍にいると、痛みが消える。……モンジュちゃんと一緒。……あなた、体の中に剃刀でも入っているの？」

「……」

そんなわけはないが、事の成り行きから考えて異常に剃刀に縁があるのは事実だ。

変なことをやってしまったせいで人目を惹いたらしく、周囲の客が笑っていた。

どうやら仲のいいカップルに見えてしまったらしい。

無言で席に座って、縫いぐるみをよこすよう促した。

中にある剃刀を、持参した母の剃刀と入れ替える。そして手渡して、

「どうだ？」と訊くと、

「凄い！　元に戻っている！」と、喜色満面で青柳由希子はそう言った。

その後は、パチンコをして時間を潰した。青柳由希子の件は一応のケリが付いたが、面が割れてしまっていることには変わりはない。

この辺りで「切り取り」をやるのは当分控えていた方がいいだろう。

勘がそう告げていた。

……仕方ない。働くか……。

そう思ったときに、携帯に着信があった。

青柳由希子からのもので、「今度またゆっくり会えませんか?」とあった。

地雷系の臭いがプンプンしているので、画面を消してしまったが、笑うとなかなか可愛いところもあった気もする。

着信から後は全く当たりを引かない。一箱打ち込んだところで、切りのいい時間になった。

最寄りのバス停から、歩いて帰途を辿る。

日が暮れて、酷く黄色い月が出ていた。

青柳由希子の着信が、どうも頭から離れない。

……しかし、自分が切り取り掏摸だと言うことを知っている相手と付き合うのはリスキーすぎるだろう。

……いや、目の届くところに置いておく方がむしろ賢いのか？

考えが堂々巡りをしているうちに、いつの間にか家の前に立っていた。

……何かおかしい。

玄関口に紙切れが貼ってあった。よく見ると、あの寺山修司の歌集の頁が破られており、その中の一首に赤線が引いてあった。

——剃刀を水に沈めて洗いおり血縁はわれをもちて絶たれん

ぞっとして、明かりの点いていない家の中を窺う。

いや、むしろ外の暗がりに何かがいる気がする。

トマト畑がざわざわと動いて、動物がいるのかと思ったとき、それが玄関口を突っ切って反対方向へ駆けた。

「ギャウェエエ！」

奇声を発したその姿は、下着姿の祖母だった。

「婆ちゃん！」

四つん這いで、信じられないくらい速く移動していく。

二重に驚かされたのは、その吠え声があの時電車の中で聞いた叫び声と全く同じだったことだ。

何だ？

何がどうなっている？

……何かが憑いた？

後を追って駆け回りながら、どうにもこれは手立てが無いと思った。

……いや。

……あれが効くのかもしれない。

携帯を取りだし、青柳由希子に直電した。

「ハイ？」

呑気な声が聞こえたが、事情を話し剃刀が必要だと伝えた。

「なるほど」

普通は俄（にわか）には信じられない話だろうが、青柳由希子の反応は早かった。

「車があるから、すぐ行く。住所教えて」

それを伝えた後、携帯を切った。

辺りは、静まりかえっていた。

……どこに行った？

ふと、縁の下が怪しいと思って覗き込むと、いきなり目が合った。

掴みかかってきたのを横投げにして、そのまま押さえ込んだ。

髪を振り乱し、顔面は泥だらけでまるで洋画に出てくるゾンビそのものだった。

「婆ちゃん」

「ギャウェエエエ！」

「……婆ちゃん」

「ギャウェエエエ！」

随分長い時間そうしており、その間これは何かの罰に当たったのだなと、厭と言うほど思い知らされた。


ようやく青柳由希子が停まった車から現れ、家から電気コードを持ってきてもらい、それで祖母の手足を縛った。

騒ぎを聞きつけて、近所の人が集まってきていた。

「認知症が進んだんでしょう。どこか対応できる病院を探してもらいましょう。私、ツテがありますから心配しないで」

そう言って、親切に言ってくれるのだが、これでは剃刀療法が行えない。

誰かが呼んだ救急車の中で、祖母はストレッチャー上で拘束されていたが、やがて受け入れ先が決まったのか、それは動き出そうとしていた。

救急隊員が一人走ってきて、メモを渡された。

「ここの夜間緊急外来に行きます。落ち着いてからでいいので、手続きに来て下さい」

やがて、その隊員が乗り込んで、救急車は走り出した。

「モンジュちゃん」を抱きかかえた青柳由希子と二人で、虚脱したように突っ立って見送った。

祖母は救急外来でも暴れて、結局精神科病院に移されたがそこで長らく拘束されてしまい。面会許可がなかなか下りなかった。

そのうちに肺炎を起こしてしまい、全身状態が急速に悪化。

その胸の上に剃刀を置けたのは、亡くなった後になってしまった。

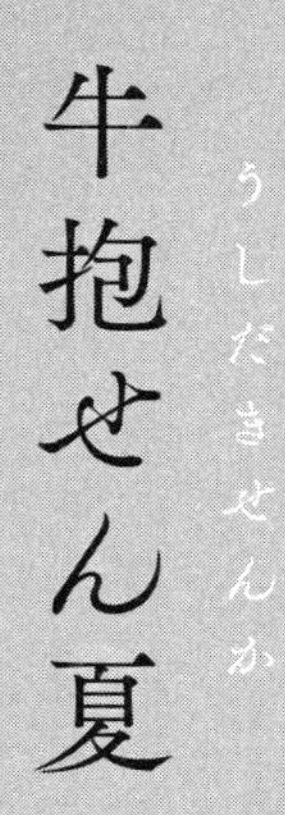

牛抱せん夏（うしだきせんか）

穴二つ

山田さん一家は、東京を離れて北海道の小さな村へ移住した。妻とふたりのこどもを説得するのに時間はかかったが、豊かな自然に囲まれた地で家族と暮らしたかったのだ。広い庭付きの中古の一軒家を購入し、新生活がはじまる。近隣に家はポツポツと建っているが、都会とは違って歩いて数分もかかるほど離れている。プライベート空間を保つこともできるし、一家はすぐにこの地が気に入った。庭には大きなイチョウの木がある。バーベキューもできるだろう。

こどもたちはすぐにともだちができて、毎朝元気よく登校していく。山田さんと妻も仕事を見つけて働き始めた。

この地での生活にもようやく慣れてきた頃。夫婦で村の集会に参加することになった。東京にいた頃は、ご近所付き合いはほとんどなかった。お互いに干渉しあわないという暗黙のルールのようなものがあったのかもしれない。だから、この集会に参加することは正直面倒だった。

郷に入っては郷に従えだ。うまくやっていくには仕方のないことだと腹をくって夫婦で出席したところ、唖然とする言葉を浴びせられた。

「あなたたちはこの村のしきたりも知らないよそ者でしょ」

そう発言したのは、山田さんたちの家から少し離れた場所に住む五十代の夫婦だった。すぐご近所でもないので挨拶に行かなかったことに腹を立てているのだろうか。なるほど。どうやら土地の風習がしみついていて、新しい住人を拒む傾向にある人だったのか。

山田さんは「突然そんな物言いはないでしょう」と反論した。すると相手夫婦は激高した。汚い言葉でまくしたてられたが、興奮状態でほとんど聞き取れない。あまりのことに開いた口がふさがらない。山田さん夫婦は集会の途中で席を立つと、会場を後にした。

一家の体調がおかしくなりだしたのは、翌朝からだった。夫も妻もふたりのこどもたちも突然起き上がることができなくなった。風邪でもひいたのだろうと安静にしていたが、数日経ってもダメだった。やっとの思いで病院へ行っても異常は見られない。原因がわからぬまま、家族は床に臥せっていた。

このままではいけない。数日間会社を休んでいた山田さんは、気力をふり絞って庭へ出ると風にあたることにした。体力をつけねば。そういえばちかくに神社があった。あそこまで歩いてみよう。

フラフラと歩いていくと、時々顔を合わせる若い男性が鳥居の前で掃き掃除をしていた。神主ではないらしいが、毎朝の掃除が日課になっているという。

「ご苦労様です」

声をかけると、青年はにっこり笑って会釈した。

山田さんは彼のふるまいに感心し、また不思議と胸の内を話したいという衝動にかられて、ここ数日の家族の不調についてツラツラと語った。すると青年は、

「なにかあるかもね。ちょっと家を見に行ってもいい？　そういうのわかるから」

人懐こい表情で言う。突拍子もない言葉に豆鉄砲を食った心持ちにはなったものの、

「お願い。来て」

と、なぜかすんなり答えてしまった。

青年はホウキと塵取りを片付けると、山田さんについてきた。その青年を、Uさんとしておこう。

Uさんは、山田さんの家の敷地に一歩足を踏み入れると辺りを見渡し、ふんふん言いながら、あちらこちらを見て回った。やがて、敷地内のイチョウの木の前でしゃがんで根元をじっと見つめている。

「どうかしました？」

山田さんがUさんの背中に話しかけると、彼は落ち葉を掻きわけなにかを引っこ抜いて、ふり向いた。

「こういうのがあったから、対処しても良いですか」

手に、泥まみれの人形のようなものを持っている。山田さんはあっけにとられ、言葉が出てこなかった。Uさんは人形に不着した泥を払うと器用にそれをほどいていく。中から、毛髪、爪、へその緒のようなものが出てきた。

「うわっ、なにそれ」

「藁人形ですね。木の根元の見えないところに釘で打ち付けてありました。家族皆、憑かれたんでしょうね」

そう言いながら立ち上がると、さらに庭を回ってなにか探しているようだった。山田さんはただ茫然と立ち尽くしてその様子を遠目で見ていることしかできなかった。やがてUさんは、郵便ポストの前で立ち止まると、底面を触りながら、

「ああ、これはダメだわ」

と、独り言のようにつぶやく。ビリっと音がして、見るとなにか紙を手にしている。

「なるほど、なるほど。これですね。ふんふん」

その紙をヒラヒラさせて見せた。ヒトガタのように切り抜かれている。

「えっと、それは……なんでしょうか」

「式神ですね。さっきの藁人形の方が見た目インパクト強めですけど、問題はこっち。ポストの下にこの紙が貼り付けてありましたよ。気づかなかったってことは、恐らく真夜中に敷地内に侵入して仕掛けたってこと」

「私にはなにがなんだかさっぱり」

「呪いをかけられたってこと」

「呪い？」

「そう。誰かに恨まれているってことですよ」

彼曰く、藁人形と紙でできた式神なるものが相乗効果を起こし、呪いの力が強まっている、一家の体調不良の原因はこれだという。にわかには信じがたい。現実にそんなことがあるわけがないだろう。頭の片隅ではそう思ってはいるのだが、ここ数日の家族全員の体調不良と気分の落ち込み具合は尋常ではない。医者にもわからないとなると、この青年の言うとおりなのではないだろうか。しかし、いったい誰がこんなことをしたのか。新天地で豊かに静かに暮らしたかっただけなのに。

「呪われていると言われても。いったいどうしたら良いんでしょうね」

落胆した山田さんはため息交じりでつぶやいた。

「ふん。増幅してしまっているから、これはね、返した方が良いですよ。ええ。きちんと返しましょう」

Uさんはそう言って藁人形と式神を手に帰っていった。

「返す」とはどういうことだろうか。持ち主を知っていて、直接渡しにいってくれるのだろうか。もう体力の限界だった山田さんは、お礼を言うことも忘れてその姿を見送った。

翌朝のこと。山田さんをはじめ、妻、ふたりのこどもは突然全快した。ここ数日間、布団から起き上がることすらままならなかったのがまるで嘘のようだった。大事をとってこの日も休んだが、さらに次の日には今までよりも元気になる。こどもたちは登校していった。山田さんも身支度を整え、出勤することにした。

神社の前を通ると、あの青年がまた掃き掃除をしている。

「おはよう。先日はどうも。おかげさまで家族全員すっかり元気になりましたよ」

「それはよかった」

「ところで、あの人形はどうされたんですか」

気になっていたことを訊ねてみた。

「藁人形はお焚き上げをして、お宅にかかっている呪いをすべて紙人形に集めました。そして家の敷地内に水晶玉と共に埋めておきました」

Uさんは爽やかな笑顔でそう言い放つ。「それでいったいどうなるのですか?」そう問いかけたが、青年はニコニコと微笑むばかり。

この青年はいったいなにものなのだろう。疑問は残るばかりだったが、会釈して仕事場へ向かった。


あの離れに住む五十代の夫婦が亡くなった。夫は家の中で首を吊り、妻は奇声を上げながら、自ら刃物で首を刺していた。部屋には血だまりができていたという。小さな村内で、表沙汰にすることもなく、ひっそりと葬儀が行われた。亡くなったのは、山田さんの家の庭のイチョウの木の根元からあの人形が引き抜かれた日だったらしい。

後日、神社で会ったUさんに、山田さんはこう顛末を聞いた。夫婦が住んでいた家は、現在取り壊し作業の真っただ中だという。

「つまり、我が家に呪いをかけたのは、あのご夫婦だったということでしょうか」

「さあ、どうでしょうね」

「この結果は正解なんですか」

「人を呪わば穴二つ。呪ったからにはその分、自分たちの命をかけるリスクを承知の上でやっているのだから、そうなっても仕方ないよね、というスタンスですよ。でも、そこまで強く返るとは思ってなかったんですよね。簡単な案件だったので」

Uさんはそう答ると、また掃き掃除を始めた。

母のハイヒール

（なんなの、これ？）

母親との関係に悩む娘は多くいるようだ。愛情を持って育てたはずが、いつしか支配欲を満たすために「ああしなさい」「こうしなさい」「私の言うことさえ聞いておけば」と、娘を追い詰める。同性だから故のものかもしれない。大人になっても母親の呪縛から逃れられない女性がいることを実際に耳にすることも多分にある。

まりさんもそのひとりだ。彼女の母親は昔から虫の居所が悪いと、よく物にあたっていた。スイッチの入る原因はよくわからない。こどもの頃から母親の機嫌を損ねないように細心の注意を払ってきた。一旦モードに入るともう手のつけようがなくなる。嵐が去るのを待つのみだ。

父親が愛想をつかして家を出ていってからは、さらにひどくなった。金切り声をあげ、「お前が悪い」と部屋の物を投げ落とす。食器棚の皿をわざわざ出して床に叩きつけて割ることもしばしばあった。

しかし母親は、まりさんのひとつ下の弟のことは溺愛していた。まるで見せしめのように目の前で弟を抱きしめ、こちらを見て笑みを浮かべる。弟もそのことはわかっていただろう。

そんな地獄のような毎日が続いていたのだが、その日、珍しく母親はおとなしかった。川の字で布団を敷いて横になる。穏やかな夜で、まりさんは安心して目を閉じた。うつらうつらとし始めた時だった。

カツコツカツコツ……カツコツカツコツ……

靴音で目が覚めた。どうやら母親のようだ。機嫌が悪くなったのか、それとも嫌がらせのためなのか。なにか文句を言いながら家の中でわざわざハイヒールを履いて廊下を行ったり来たりを繰り返している。

カツコツカツコツ……カツコツカツコツ……

やっと眠れたのに。まりさんは腹が立った。

「ねえ、いい加減にしてよ。何時だと思ってんのよ」

靴音はピタリと止んだ。ところがまたすぐにカツコツ音が聞こえだした。

「母さん、やめてってば！　なんでこんな嫌がらせばかりするの」

母親は靴音を立てながら、大声でなにか叫んでいる。ところが、この声を聞いてまりさんは、ぎょっとした。

――母さんの声じゃない。誰？

まりさんは気が動転し、とっさに手を伸ばすとオーディオのスイッチをオンにした。気を紛らわそうと思ったのだろう。すると、オーディオからもハイヒールの靴音と、母親の叫び声が聞こえてきた。

（なんなの、これ？）

廊下では、カツコツカツコツ……カツコツカツコツ……

オーディオからもカツコツカツコツ……カツコツカツコツ……

薄暗い部屋の中、隣を見ると、母親が薄ら笑みを浮かべて布団に座っている。

立ち人形

近頃、部屋の中で自分以外の他人の声が聞こえて、ゆきさんは困っていた。食事中や入浴中、読書をしていても、近くで誰かがなにかゴニョゴニョとつぶやいている。なにを言っているのかは聞きとることはできない。とにかく五月蠅い。心配になって脳神経外科へ行って診てもらったが、なんの異常もなかった。だとすると、これはいったいなんなのか。

ある夜、また声が聞こえはじめた。思わず舌打ちすると、背後に誰かが立つ気配を感じた。見てはいないけれど、たぶん「女」だ。

なにこれ。まさかゆうれい？

背後の者は数歩こちらににじり寄ってきた。咄嗟にふり向くと、目の前に血まみれの女がいる。片手はなく、上腕や片足からも出血して目玉もつぶれている。あまりのことにゆきさんは声を出すこともできず、ただ口をあけたまま後ずさった。血まみれの女は、さらににじり寄ってくると、なにか文句のようなことをつぶやいている。やはり聞き取ることはできない。ゆきさんは意識を失った。

翌日の昼。昨日のこともあって、少し躰がだるい。

職場の休憩室で弁当をつつきながら、SNSをチェックしていると、少し前に共通の趣味で出会ったネット上の友人Mが「絵を描きました」とちょうど文章と絵を投稿していた。

お、どんな絵だろうと画面をタップしたゆきさんは、スマホを放り投げた。音に驚いた休憩室にいた社員が数名ふり向いて心配そうに見ている。

Mが投稿したのは、お世辞にもうまいとは言えないこどもが描いたような絵だった。人気アニメのキャラクターを模したもののようだが、手足が欠損し、血まみれに描かれている。昨日自宅で見た「アレ」とまったく同じだ。なんで？

その晩も自宅にいると、背後に女が立つ気配がした。これまではなにを言っているのかは聞き取ることができなかった。ところが、この日ははっきりと聞こえた。

――大嫌い大嫌い大嫌い大嫌い死ね嫌い死ね死ね死ね嫌い消えろ消えろ死ね死ね死ねいなくなれ大嫌い死ね死ね死ね嫌い大っ嫌い消えろ消えろ消えてくれ大嫌い大嫌い。

Mだ。彼女が飛ばしているんだ。

ゆきさんは、怪談と某人気アニメが趣味で、共通の友人を探していた。そんな中、SNS上でとあるグループを見つけた。メンバーは、フォロワー数が万単位もいる人気クリエーターが多かった。ゆきさんは正直彼女たちに特段興味はなく、ただ趣味の話を楽しみたいので、物おじせずにメンバーたちと配信やチャットで絡んでいた。会話のほとんどがアニメで、良い仲間を見つけることができたと喜んでいた。

ある時、眠気覚ましにチャットルームを開いて五、六人でトークをしていると、そこへ、後から入ってきた女性メンバーのMがいた。その人は、このグループにいるメンバーと、某人気アニメを崇拝していた。ゆきさんは新しい仲間であるMを歓迎したのだが、次第に言葉の端々にトゲを感じるようになってきた。なにか気に障ることをしてしまったのではないかと考えてみてもよくわからないので、実際に通話して思い切って理由を訊ねてみた。彼女は大声でゆきさんを罵倒しはじめた。

――大嫌い大嫌い大嫌い大嫌い死ね嫌い死ね死ね死ね嫌い消えろ消えろ死ね死ね死ねいなくなれ大嫌い死ね死ね死ね嫌い大っ嫌い消えろ消えろ消えてくれ大嫌い大嫌い。

嫌われた原因はわからない。通話のあと、すべてのアカウントをブロックされ、今は関わることはなくなった。風の噂では有名クリエーターのグループを渡り歩いているようだ。今でも忘れた頃に背後に女が立ってつぶやく。

——大嫌い大嫌い大嫌い大嫌い死ね嫌い死ね死ね死ね嫌い消えろ消えろ死ね死ね死ね死ねいなくなれ大嫌い死ね死ね死ね嫌い大っ嫌い消えろ消えろ消えてくれ大嫌い大嫌い。

相手にしないと心に決めている。

Coco

憑依型アクター

私の手掛けたお化け屋敷が盛況のうちに終了し、その打ち上げの席でのこと。

こういう場合、初めの注文と言えばビールだと決まっている節があるが、私はお酒がまったくと言っていいほど飲めない。

酒類以外が頼みづらい空気のなか、意を決してオレンジジュースを頼む私。すると私と同じくオレンジジュースを頼んでいる人がいた。それはお化け役のリーダー的存在として、期間中に大活躍してくれた松島さんという女性役者さんだった。

イベント成功のお祝いと、来年も絶対に開催するぞ、という意気込みの乾杯を終え、それぞれが近くの人と親睦を深めながら食事を始める。

「お酒苦手なんですね。私も一緒です（笑）」

「ええ、まぁ、そうなんです」

そんなぎこちない返事をする松島さん。

「私は少しでもお酒を飲むと、すぐに顔が赤くなって、しんどくなっちゃうんですよね。お酒飲めない人が私だけじゃなくてよかったです！」

「私の場合は、それとは少し違うんです。実は……」

どうやら松島さんは、体質的にお酒が飲めないということではないらしい。

頭を傾げる私に、こんな話を語ってくれた。


それは、松島さんが小学生のころまで遡る。

当時小学校では〝エンジェルさま〟という降霊術が女子のなかで流行っていた。これはコックリさんと非常に似たもので、好きな男子が誰のことが好きかなど、自分の知りたいことをエンジェルさまという天使に尋ねるというものである。

尋ね方は地域によって様々あるようで、松島さんの小学校では、白い紙の中央に♡を書き、その上下にYESとNOを書く。そして、用紙の右半分に五十音、左半分には数字とアルファベットを書けば用紙の完成である。あとは、赤鉛筆を用意する。

三人以上で用紙を囲むように座り、一本の赤鉛筆をみんなで握ったまま紙の♡部分に芯の先を押し当て、あとはコックリさんと同じ要領で、質問をすると手が勝手に動き……というもの。

松島さんも毎日のように、昼休みや放課後にエンジェルさまをやっていた。かといって降霊術を信じていたというわけではなかった。みなの質問内容から、友達の秘密や悩みごとを垣間見れたり、エンジェルさまのおかしな回答だったりが楽しかったのだ。

この日も放課後にエンジェルさまを友達とやることに。用紙は松島さんが用意する番だったので、事前にテンプレ通り書いた用紙を机の上に広げる。

友だちが各々、気になっていることを質問していき、予想だにしない答えや支離滅裂な答えでキャッキャと盛り上がる。そして、松島さんの番になる。

「エンジェルさま、エンジェルさま。私は将来、なにをしていますか？」

最初に『お』の文字へと鉛筆を握る手がゆっくりと進む。

みなが「お」と口を揃えて言った。その瞬間、鉛筆は物凄い勢いで。

『――――――ば――――――け』

そう、言葉を指し示した。

その答えを松島さんが理解した瞬間、フッと意識が無くなったという。

次に目を覚ましたときには保健室のベッドに寝ており、傍には母が心配そうにしていた。

身体のあちこちに無数の青あざができていたが、それ以外に異常はなかった。

その日以降、エンジェルさまは禁止となった。

松島さんは、降霊術を信じていないとはいえ、『お・ば・け』という答え、つまり若いうちに死んでしまうとも取れる内容から内気な性格になってしまった。一緒にやった友だちも無意識とはいえ、あの答えを出してしまったことに負い目を感じているようであまり関わることがなくなっていった。

意識を失ったあと、なにがあったのかを別の友人づてに聞かされたことがあった。

あの答えが出されたあとすぐに、松島さんは机の上に頭を打ちつけるように倒れ込んだ。驚いた友だちが松島さんの顔を起こすと、目の焦点がまったく定まっていない。

松島さんは友だちを押し飛ばすと、獣のような「うーーーっ」という唸り声を上げ、四つん這いで教室中を駆けまわった。その様子はまるで異形そのものだったそうだ。

恐怖で泣き叫ぶ女子生徒の声を聞いた先生たちが、暴れ狂い、噛みつこうとする松島さんを抱きしめ落ち着かせたのだという。すると、言葉にならない声を上げ、眠るように松島さんは気を失った。

そう語り終えると、まぁ半分冗談もありますけどね、と笑う松島さん。

松島さんの演技を思い出し、憑依経験があるから、普段の落ち着いた雰囲気からは想像できないような鬼気迫る演技ができるのかと理解した。

「でも、お酒が飲めないのと、この話になんの関係が?」

そう、私が問いかけると、周りには聞こえないようにぼそりと言った。

「今でも、私の中に〝あいつ〟がいるんですよ」

疲れて意識が朦朧としているとき、お酒を飲んで自制が効かなくなったときに、小学時代に呼び寄せたままの〝あいつ〟に意識を支配されそうになってしまうのだという。

あぁ、なるほど。今でも憑依されているからこその演技力なのかと妙に納得してしまった話だった。

狂い咲き

これは、京都市在住の平川さんが今から十年ほど前に体験した話。

梅雨入り前の初夏のこと、平川さんは叔母の訃報を受け、お葬式へ参列するため、叔母が住んでいた田舎へと向かっていた。

叔母の家は、京都の中でも〝森の京都〟と呼ばれる地域にある。

その名の通り、辺りには山林と田んぼが広がっており、町の中央を分断するかのような川が流れている。幼いころに来たときと全然変わらない、長閑(のどか)な雰囲気の場所。

叔母の家は町内でも一際大きな屋敷だった。立派な木製の門を潜れば、松の木や綺麗に手入れされた庭園が出迎えてくれる。

亡くなった叔母というのは、平川さんの母親のお姉さんである。

と言っても、あまり姉妹仲が良くなかったのか、叔母さんに会ったのは幼少期に二度三度ほどで、その後、今に至るまでほとんど交流もなかったそうだ。

親戚の家とはいえ、他人のおうちにお邪魔しているような、居心地の悪さを感じていた。

通夜はお屋敷の一角で執り行われた。近所の人だろうか、年配の夫婦や古い友人らしき男性が目を潤わせながらお焼香を上げに来ていた。

通夜の参列が終わり、親族だけの晩酌をしている時であった。

自然と、亡くなった叔母さんとの思い出話になる。

聞くと、昔はしきたりや礼儀作法にかなり厳しい人だったらしい。

しかし、亡くなる少し前から認知症を発症していて、厳格だった性格は一変し、まるで人が変わってしまったような素振りを繰り返すようになった。

深夜にどこかへ行ったかと思えば、冷蔵庫の中を漁って貪り食っていたり、庭で子供のように無邪気に歌い踊っていたり、ということがしばしばあったという。

一緒に住んでいた家族はかなり苦労していたようで、まるで叔母さんが亡くなったことに内心安堵しているような、そんな風にも聞こえた。

夜も深まると、ひとり、またひとりと近くの親戚は家に帰っていった。

自分のような遠方から来た人間は、空いている部屋に布団を敷いてもらい、母親とともに泊めさせてもらうことになった。

古い畳の匂いと、ほのかに漂うお焼香の香りが混ざり合って、なかなか寝付けない。

庭に出て夜風にでも当たろうと、寝ている母親を起こさないよう部屋を出た。

庭の小さな池には、数匹の鯉が優雅に泳ぎ回り、池を囲むように木々が植わっている。

「ふふふふっ」

どこからか微かに女性の笑い声が聞こえてきた。

通夜の晩にそぐわない様子に耳をそばだてた。でも、なんで屋敷とは反対の方向から？

疑問に思いながら足を進める平川さん。

声の元を辿っていたはずなのだが、どこから聞こえたのか分からなくなってしまった。

諦めて屋敷の方に引き返そうとしたとき。突然、身体が前に進まなくなる。正確には身体というより、足がビクともしない。いわゆる金縛りだった。

視線を足元に落とすと、黒くしわ枯れた蛇が足に何重にも巻き付いている。

（うわっ、なんだこれ！）

冷たく硬い感触が皮膚に伝わってくる。それは、木の根っこだった。

チリ――――ン
そのとき、鈴の音が耳のすぐそばで聞こえた。驚いてパッと顔をあげる。

白い着物を着た女の人が屋敷の縁側に立っていた。

顔のあたりに影が落ち込んでいて、ハッキリと確認できない。

チリーン
再び鈴の音が鳴る。その女がスーッと滑るように近付いてくる。

チリーン
鈴の音が鳴るごとに女は近付き、ついに目の前にまで来たとき。

体中の筋肉が硬直し、叫び声すら出せない。

(こっちに来るな、来るな、来るな)

身構えて、一瞬、瞼(まぶた)を閉じた。その瞬間。

女は霧のように薄れて消えてしまった。体が動かせるようになり辺りを見回しても、もうどこにもいない。

「――ってきたのね」

不意に耳元で女の声が聞こえた。なにを言ったのかは分からない。でも少し悲しげな、そんな声だった。

気が付くと布団の中にいた。窓からは太陽の光が差し込んでいる。

夢だったのか。夢にしてはリアルだったと首を傾げた。

布団を片付け、着替えると、さっきの夢のことが気になって、庭に出て少し歩いてみた。

目の前には夢で見ていた光景と、まったく同じ光景が広がっている。

そして、足が動かなくなった場所に行ってみると、そこには立派な椿の木があり、大きな赤い花をいくつも咲かせていた。

夢では木はなかったなと思っていると、背後から叔父さんに声を掛けられた。

「その椿、珍しいやろ、椿はなぁ、冬に咲く花なんやけど、なんでか今年に限って季節外れの開花なんや。昔から、あいつが可愛がってた花でな、ボケだしてからもそれは変わらんと毎日のように、この椿に向かって楽しそうに話しかけとったんや。きっと椿はあいつを見送るために、季節外れに咲いたんとちゃうかな」

叔父さんは涙ぐみながら話してくれた。

「そうなんですね。きっと叔母さんも大好きな椿に見送られて、喜んでるでしょうね」

昨夜見た夢は、最後に叔母さんが大好きな椿に会いに来た夢だったのかと思うと、平川さんも自然と目頭が熱くなった。

「ふふふふっ」

夢で聞いたあの声が、耳元で聞こえたような気がした。

椿にそっと手を合わせ、叔父さんを追うように屋敷に戻ろうと踵を返す。そのとき。

ぼとっ、ぼとぼとぼとぼとぼとぼとっ。

振り向くと、血の海のように真っ赤に染まった地面。

先ほどまで咲き誇っていた椿の花が無残にもすべて落ち、地面を覆いつくしていた。

それを見た瞬間、恐怖が込み上げてきて、急いで屋敷に戻るしかなかった。

椿の花は、昔から厄除けや神聖な花として知られている反面、実は武士の家系では縁起が悪いものとされている。基本的に花が散る時は、花弁が一枚一枚落ちていくものだが、椿は花の額ごと、ぼたりと落ちる。

その様子は、まるで斬首された首が落ちるかのように。

また、長く生きた樹木には精霊が宿ると言われており、人に憑くことがあるとされるのだという。それが古くから神聖視され、畏怖されていた木ならなおさらだろう。

平川さんは、ここまで話を静かに語ったあと、一呼吸置いて続けた。

「あの夜に見た夢、生前の叔母の異常行動、狂い咲いていた椿、すべてが関係しているような気がして寒気がする。それなのに……。椿を見ていると、なんだか心が落ち着くような、暖かい気持ちになるんです。あんな体験をしたのに、不思議ですよね」

そう話を締めくくった。

今でも、叔母さんの命日には椿を持っての墓参りを欠かさないという。

犬神憑き?

老舗の心霊情報サイト「朱い塚」を運営されている塚本さんから、こんな体験談を聞かせていただいた。塚本さんは数々の心霊スポットを探訪し、綿密な調査をしている筋金入りの心霊マニアである。

今から何年も前に、四国へ心霊遠征に出掛けたときのこと。

その日は、朝から四国の某所にあるとされる廃病院を探していたという。

しかし、どれほど探しても噂の廃病院が見つからない。

徐々に夕暮れが迫り、暗くなっては探すことはできないと、塚本さんは探索を断念。

今夜の宿に向かおうと、車のエンジンを掛けた。

バックミラーにフワッと白い影が映った。

それは全身真っ白の犬だった。

え、さっきまで何もいなかったはずだよな、いつの間に?

昔のように野犬がゴロゴロいる時代でもないし、近くで飼っている犬かとも考えたが、それらしき民家もなかった。

バックもできず、どうしようかと悩む間も、犬は逃げることも吠えることもせず、微動だにせずこちらを凝視している。

間違えて轢(ひ)かないよう何度もハンドルを大きく切り返えし、やっとのことでその場を離れることができたという。

翌日も塚本さんは、溺死者が多発していると噂される愛媛県の原池など、いくつもの心霊スポットを巡り、この日最後の場所として香川県の満濃池(まんのういけ)を訪れていた。

この池は、古くから龍、天狗、火の玉、河童などの妖しい伝承が囁かれており、近年では自殺や死体遺棄なども起こっていると言われる場所である。

時刻は夕方ごろ、満濃池で一通り写真を撮り終わり、さぁ宿へ戻ろうと駐車場から出た。

ほんの数メートル進んだ道路のど真ん中に、ぼんやりと白いものが見える。

また犬だった。今度はとんでもなく巨大な白い犬が平然と寝そべっていた。

またもや道を塞ぐ犬に塚本さんは困惑するが、犬はそんなこと露知らずといった様子でそっぽを向いている。

道路を通る他の車は、その犬の真横を一切減速することなく通過していく。

まるで、他の車にその犬がまったく見えてないかのようで。

(どうなってんだ⁉)

そう思いながら、巨大な犬の真横を慎重に通ったという。

その数日後、犬神憑きを落とせることで有名な神社が四国にある、ということを知った。

そして、何度も出会う白い犬のことを考え、神社に行ってみようと思いたった。

神社までの道中、ナビが誤作動を起こして何度も別の場所を案内したり、おかしな道を通らされたりしたが、なんとか山中にある神社に無事に到着することができた。

そこで、憑きもの落としの御祈祷を受けることにした。

あまり聞いたこともない珍しい祝詞やなと、感激しながら聞き入ってしまっていると、いつの間にか祈祷が終わっていた。

「初穂料はお気持ちです」

そう言われ、五千円を支払った。

お祓いが終わり、車に乗り込むと。

「あぁ、よかった、よかった」

無意識にそんな言葉が出たという。

(ん? 何がよかったんやろ?)と自分の口から唐突に出た言葉に驚きながらも、

「よかった、よかった、ほんとによかった」

ひたすら、そう繰り返しながら山を下りていたという。

次の目的地に向かっている途中、急にトイレを催し、近くの公衆トイレに立ち寄った。

用を足していると、

「なんだこれ⁉」

見たこともないような、真緑色の尿が出たという。

まるで体内から悪いものが取り除かれたかのような清々しい感覚があったそうだ。

何者かに犬神を憑けられたのか、どこかで犬の霊が憑いてきてしまったのか、はたまたまったく別のモノなのか、結局その原因は定かではないが、もしあのとき祈祷に行っていなかったら、今ごろどうなっていたのか……そんな体験談を聞かせてくれた。

石櫃（せきひつ）

吉田さんが古家を取り壊したとき、床の下から石櫃が出てきた。

まるで古墳の埋葬者が眠る石棺の小型版のような見た目で、もしかすると、ご先祖様の隠し財産か？　大判小判でも出てくるか？　と淡い期待を抱きながら、工事業者の人と一緒に開けてみたという。

だが、中を覗いた瞬間、背筋に悪寒が走った。

薄汚れた白い塊（かたまり）が無数に散らばり、その質感は紛れもなく骨だった。

大きさや形からして犬らしき動物の骨だろうと推測した。だが、ペットの骨だとしても、わざわざこんな大層な棺桶を用意するだろうか？

不気味に感じた吉田さんは、すぐに業者の人にお金を払い、石櫃ごと撤去してもらったという。

のちに詳しい人に聞いてみたところ、その石櫃は憑き物を封じ込めるためのものだったのではないかと言われたそうだ。

吉田さんには当然そんな覚えはなかったが、話を聞くうちに思い当たる節が出てきた。

憑き物というのは、丁重に祀れば富をもたらすが、粗末に扱ったり禁忌を犯すと災いをもたらすと、その人は言った。

実際、吉田さんの家庭はある時期を境に質素な生活から、突然裕福な生活に様変わりしていたたという。欲しいものは頼まずとも何でも手に入り、学業も運動も人間関係も絶好調だった。

だが、吉田さんが中学に上がってまもなくして、父の事業は傾き、両親が立て続けに不慮の事故で亡くなり、一時は施設に預けられたこともあった。親を失った反動で自暴自棄になっていたときに、バイク事故を起こして後遺症を負ってしまったことも。

もしかすると両親は、憑き物を使って財を成し、その代償を払えなかったがために、命を取られてしまったのではないか——石櫃を見てから、なんとなくそう思うのだという。

現在の吉田さんは、不自由な身体ながら会社を立ち上げ、自分の力だけで成り上がろうと必死に挑戦している。

狐の祠

清さんが小学高学年くらいのこと。

夜寝ていると、異常な喉の渇きと倦怠感に襲われた。隣で寝ていた母を揺り起こし、このことを伝えると、母は冷たいお茶と体温計を持ってきてくれた。

体温は三十九度。汗ばんだシャツの袖を捲ると、ジュクジュクとした発疹が出ていた。

次の日、村の診療所へ行ったが、明確な原因は分からず、植物に触れて爛(ただ)れたのでは、との診断を受けた。

その晩も高熱と発疹に苦しみ、なかなか寝付くことができないでいた。

眠ることができても、奇妙な夢を見て目を覚ましてしまう。

自分が家の中をふらふらと歩き回っている夢だが、視点が異常に低い。まるで三歳児の身長にまで縮んでしまったかのようで、相対的に周囲のなにもかもが高く見えた。

夢の中で父が居間で寝ている。声を掛けようとすると、思うはずのない異常な感情がふつふつと湧いてきたという。

（こいつ、美味しそうやな）

そう思うと、夢の中なのに腹が減って腹が減って仕方がない。

そして、悲鳴をあげる父を貪り食う。そんな悍ましい夢を見ていた。

目を覚ますと、母や兄弟に羽交い絞めにされ、父に殴られているところだった。口の中には、鉄臭い味がする。自分の血なのか、父の血なのかも分からない。


その晩、清さんは突如発狂し、家族に襲い掛かったのだという。猛獣のような唸り声をあげて、父に喰らいついたのである。

翌日、両親は、近くの住職に相談することにした。

それから毎日、住職がいくら祈祷しても、一向に良くならなかった。

毎晩夢を見ては、唸り声をあげて暴れまわる。

なにが原因なのか、ある日住職に優しく問われ、清さんは本当のことを話した。

近くの神社の裏手にある小さな稲荷社のお供え物を勝手に釣り餌に使っていたのである。

住職は、大きなため息を吐いたあと、おきつね様を怒らせてしまったからには、毎日お供え物を持ってお参りに行くようにと言った。そうすればきっと許してくれるだろうと。

それから、清さんと母は毎日、稲荷寿司を持ってお参りを続けた。

しかし、どんなに足を運んでも、清さんの症状は一向に治まることはなかった。毎晩のように、あの嫌な夢に悩まされ、暴れ回る。

口の中に広がる血の味、骨をバリバリと噛み砕く音と家族の悲鳴、夢とは思えないほどリアルで、その光景が頭から離れなかった。日に日に清さんは痩せ細り、衰弱していった。


「あなたは、もうお参りに行かなくていいのよ」

ある日、母がそう言った。

なんで？　諦めるってこと？　意図の分からない言葉に清さんを不安になる。

自分の意志で、一人で祠に行かないと、許されないんじゃないか、そんな気がした。

無我夢中で祠へと走りながら、何度も何度も心の中で謝罪した。なんであんなことをしてしまったのか、後悔してもしきれなかった。

神社の裏手へ着くと、目の前には、無数の木片が転がっていた。

それは、無残にも破壊されてしまった狐の祠だった。

清さんは、驚きのあまり言葉も出ず、へなへなとその場でへたり込んでしまったという。

家へ帰り、母にそのことを伝えると。母は「そう」とだけ返事をした。

それから、清さんが変な夢を見ることも、突然暴れることもなくなった。
清さんは、自分を守るために母が祠を壊したのだろうと確信している。
当の母親には障りはなかった。母親の子供を思う心ゆえに許されたのかもしれない。

岩井志麻子

いわいしまこ

ヤドカリとヒトカリ

歳を取る、歳を重ねる、というけれど。若さは、減っていくものだ。

典子はまだ五十にもなっていないが、七十を超えているように見えるらしい。

それは普通の女なら切ないだろうが、もはや今の典子には楽なことや得なことにもなっていた。見た目なんかより、腹を満たす方が重要だ。

老けていれば炊き出しや生活用品を配布する列に並んでも気遣われるし、夜に公園やバス停のベンチに座っていても、あまり猥褻目的の男は近づいてこない。

典子は、決して貧困層の出ではない。地方の町で会社員家庭の一人娘として生まれ育ち、幼い頃からピアノや書道などお稽古事もいろいろさせてもらい、地元の短大も出た。美人というほどでもないが小柄で童顔で、そこそこ男子にも人気があった。

歯車がズレ始めたのは、やはり就職した会社で会った男と、勢いで結婚した辺りからか。

粗暴な男を男らしいと錯覚してしまうのは、典子だけに限らない。

親も最初は大いに娘をかばい、前夫に憤慨していたが、離婚して実家に戻ってしばらく経つと、世間体が悪いといい出した。

地方のお嬢さんである本人も、元同級生や近所の目も気になった。まだ若さや容姿に自信もあった典子は、親も望む再就職か再婚を目指し、近隣の都市に出た。

そこから男と仕事と住処を転々とするようになり、気がつけばすべてを失っていた訳だ。連絡を絶ってしまったが、親もとうに亡くなっているかもしれない。

定期的に炊き出しをやっている公園には、同じような宿無しや立ちんぼ、家出少年少女などもいて、妙な居心地の良さがあった。親しくはならないが、顔見知りもできた。ノリちゃん、などと呼んでくれる人達もいる。

そんなある日ベンチで休んでいたら、見たことがあるようなないような女が近づいてきた。痩せて艶のない白髪と歯のない口元で老人に見えるが、同世代かもしれない。

「季節の変わり目は、ますます不安になるね。これから寒くなる、暑くなる、って」

訛りも故郷のそれに近かった女は、秋乃と名乗った。

「あたしゃもう二十年くらい、ヤドカリをしているよ」

孤独で貧しい暮らしをしている老人や病人のいる部屋を探し出し、押しかけ、遠縁の者だの福祉関係者だの適当なことをいい、居ついてしまう。

正当な住人である彼らの保護費や貯金を使いはするが、本人の同意を得て生活費を引き出す名目であり、決して窃盗、強奪ではない。

その金も必要不可欠な生活費にしか使わず、虐待だの放置だのもしない。それなりに世話をして話し相手になり、一緒に外出や外食もする。

だから最初はうさん臭がったり怖がったりした住人も、受け入れて頼りにしてくれるようになる。情が移ると、金もみずからどんどん差し出すようになっていく。

しかし本物の親戚が来て怪しんだりすれば、そっと立ち去って次に移る。

そんなふうにヤドカリを語った秋乃は、馴れ馴れしく典子にすり寄ってきた。

「あくまでも、家を借りるだけ。どう、あんたもやってみないか」

自分はとてもじゃないが、そんな見も知らぬ他人の家に乗り込んで住み着くなどできないと典子は躊躇ったが、寒さと空腹には勝てない。

秋乃が今ヤドカリしているというアパートに連れていかれ、一緒に住むようになった。

その部屋は、身寄りのない八十過ぎの静香なる女がいた。かなりの肥満体でおしゃべりで、いちいち嫌味をいわなければ気の済まない意地悪さもあったが、寂しがりだった。

ところがその静香が心身ともに弱っていくのと連動し、秋乃がなんとなく性格や見た目まで静香に似てきた。肥満していき、おしゃべりになり、嫌味が多くなった。

典子は居候が連れて来た居候という立場だが、とりあえず寝床と食べ物は手に入るようになったので、邪魔にはならないよう大人しくしていた。

薄暗い古びた四畳半でテレビを観ていると、自分が誰だったのか曖昧になってくる。もう何十年も、ここにいたのではないかとも。

そんな生活が淡々と続くうちに、静香はすっかり寝たきりとなり、秋乃もだんだん弱ってきた。たまに静香はふっと意識を取り戻すと、必ず同じことをいった。

「あたしゃ、ヤドカリでなしにヒトカリ。人狩りで、人借りよ」

ある日やっと気づいたが、今度は自分が静香に似てきている。好きな食べ物も観たいテレビもだが、肥(ふと)ってきて、おしゃべりになり、嫌味ばかりいうようになっていた。

静香本人はついに話すこともできなくなり、続いて秋乃も寝ついた。

典子は今にも死にそうな老女二人を看(み)ていたが、思い切って静香の通帳を持って銀行に行った。怪しまれ通報されたらと怯えもあったが、静香と顔見知りらしい行員が、お元気になられたんですね静香さん、と簡単に引き出させてくれた。

静香は、本当にヤドカリではなくヒトカリだった。

家ではなく女の体に入り込んで乗り換え、命を繋いでいくのだ。

鏡の中の自分ではない女を見ながら、元々自分は静香で、典子なんて女ではなかったのだといい聞かせるしかなかった。そろそろ、乗り換える女も見つけに行かなくては。静香に命じられ、秋乃が次の家ではなく体を物色に出かけていたように。

永遠の短い眠り

五十を超えた頃から、はっきりと体力の衰えも自覚できるようになったが、何より祐介は眠りが浅くなった。どんなに疲れていても、必ず何度も目が覚める。そのたび、いっそ永遠に眠りたいと憂鬱になった。

荒涼とした独身男の部屋というより、なんだか動物の巣のような陽当たりの悪い一階の角部屋に、気がつけば二十年くらいいる。

祐介は特徴的な見た目なので、同じアパートの住人や近所周りには知られているが、親しい友達も、彼女などもいない。

特に友達や彼女が欲しいとも思わず、高カロリーの食べ物を貪っていれば満足なのだ。

若い頃、いや、幼少期からずっと肥満体だった祐介は、顔も厳ついい。その容姿と雰囲気をもってしても番長や兄貴分、ガキ大将的な存在になれなかったのは、見た目と反する内気で小心な性質もあるが。

何より本人が、そういう存在でありたくなかったのだ。一応、自身の容姿に客観視もできるが、本当の自分はすらっとした甘い雰囲気のイケメンで、アイドル的な存在であるべきだと思っていた。自分から何もしなくても、勝手に女がわんわん寄ってくるのだ。現実には、そのような扱いを受けたことは皆無だ。

ともあれ、物理的な存在感はあっても影の薄い祐介は、地元の高校を出て近所の会社などに勤めたが、いじめられてはすぐ辞めるというのを繰り返した。

しかし祐介の家には、遊ばせてくれる余裕などなかった。ネギ畑を背景にした安い木造アパートの一棟を借り切り、祖父母に兄弟、親や親戚といった肥満体ばかりの一族がひしめき合っていた。

祐介はむしろ積極的に孤独を求め、近隣の都会に出ていった。

都会でいつかイケメンのアイドルになれるんじゃないか、とも夢想しながら。

現実世界の、老けて重厚感のある祐介は、その外見だけで仕事ができそうに思われ、体力や腕力を期待され、思慮深くも見られた。

体格も買われて肉体労働に就くが、たちまち期待ほどでないのは露呈してしまう。堅気の仕事は早々に弾かれ、夜の街に流れ着いた。

風俗店スタッフ、ぼったくりバーや裏カジノの店員、それらは祐介に合っていた。髭を生やしスキンヘッドにし色付き眼鏡をかければ、完全にその筋の人だ。

なんだかんだでこき使われているうちに、体調がおかしくなり始めた。生来の肥満体に加え、相変わらず脂っこく糖分の多いジャンクな食べ物を貪り、運動はしない。というより、できない。職場の同僚はいても、親身になってくれる友達などはいない。

まずは不眠気味になり、息切れ動悸がするようになった。それでも検診などは行かなかった。面倒だし、金も惜しい。

そのうちはっきりわかるほど痩せ始め、それを労せずしてダイエットでき、すらりとしたイケメンになれるんじゃないか、と夢見るしかなかった。

だが夜中に全身の鈍痛で覚め、不調がシャレにならなくなった祐介は、掛け持ちしているバーと風俗店に、次の定休日の後にも一日休ませてほしいと願い出た。

さすがの彼らも、祐介のどす黒い顔色や急激に萎んだ体に、店で死なれたら困ると許してくれた。もうひたすら寝るぞーと、敷きっぱなしの布団に倒れこんだ。

その日は、どちらの店も定休日である日曜日だったのは確かだ。好きな漫画本の発売日が月曜日で、目が覚めたらコンビニに行こうと考えながら目をつぶったのだ。

……なんとなく見覚えがある女に、起こされた。

まだぼーっとしながら起き上がり、その女が風俗店の子だと気づいた。確か、彩だ。祐介にはいわれたくないだろうが地蔵顔のデブで、不人気どころか地雷とされていた。ただ故郷が近いので、しゃべるとなんとなくほっとできるところはあった。

「どうしたんよ～、休みは月曜だけだったのに、今日も来ないし。店長はクビだとかわめいてたけど、あたしは心配になって見に来たんよ。ああ、よかった、生きてた」

玄関は施錠したはずだが、裏のサッシ戸が開いていたらしい。いや、それよりも。なんと祐介は、日曜の夕方から火曜の昼過ぎまで寝ていたようだ。

「違うって。月曜に祐介さんを見た人、たくさんおるわ。ここの人らも見とる」

後からわかるが、ぐっすり寝込んでいた時間に目撃者は揃いも揃って、祐介がすらっとしたものすごいイケメンと一緒にいた、という。

場所はまちまちだったが、どこも確かに祐介の行動半径内だ。しかしそんな男、まるで心当たりがない。夢想の自分、としかいいようがない。

結局、無断欠勤も謎のイケメンもうやむやになった。彩は自分を好きなのかと一瞬その気になったが、彩もイケメンを紹介してもらおうとしていただけなのがすぐわかった。

「そのイケメンは、分裂した自分かなぁ。それとも、まさか何の妖怪か」

それからしばらくして、祐介はまた無断欠勤した。彩だけが、謎のイケメン目当てにまた来てみれば、とんでもないものを見つけてその場で嘔吐してしまった。
祐介は永遠の眠りについて腐敗ガスで膨れ、元の肥満体に戻っていた。

虎になったおじいちゃん

極貧とまではいかないが、少なくとも四十も半ばになる現在まで呉一は、経済的に恵まれた生活、余裕のある暮らしなどしたことがない。

物心ついた頃から母と二人、低所得者層だけの集合住宅に住み、

「うちは、お父さんもお金もないんだから」

というのを常に聞かされていた。その父の話も具体的なものはなく、とにかく母は過去についてほとんど語らなかった。母の昔を知る人も、周りにはいなかった。

ときどき彼氏的な男はできていたようだが、必ず外で会い、家に連れ込むこともなかった。呉一が幼い頃はよく周りから、母をこんなふうにいわれていた。

「せっかくまだ若いし別嬪（べっぴん）なのに、もっと効率よく稼げるだろ」

「呉一くんのために、小金持ちの爺さんと再婚すりゃいいのに」

確かに母は整った顔立ちで、学はなくてもしっかりして賢いと見られていた。

なのにいつも、容姿などまったく問われない地味な低賃金の仕事ばかりし、それこそ割り切って金のある男の世話になろうとしたことも一切なかった。

呉一も特に贅沢は求めず、這いあがりたい、成功したい、といった欲を持つこともなく、高校を出て近所の工場に就職し、穏やかに母との倹しい生活を続けた。

父方はさておき母方も一切の親戚付き合いがなく、本当に呉一は母しか家族がいない。そんな母が癌になり、あっという間に病状は進行した。美しかった母も、やつれてしまった。ぼんやりした表情でいるときなど、すでに幽霊に見えた。

驚くほど差し迫った余命宣告を受けて入院したとき、初めて母は生い立ちや呉一にとっての近親者の話をしてくれた。薬の作用もあってうつらうつらし、声も途切れ途切れだったが、おおよそ次のような話になる。

親を知らず施設で育った母は、水商売をしていたとき金持ちの息子に見初められた。そんなに好きな男ではなかったが、とにかく豊かな生活をしたい、貧乏はもう嫌だと飛びついた。婚家では、姑よりも舅に悩まされた。仕事はできるし、飲んでないときは陽気で大らかな人だが、酔うと暴力的になり、錯乱し、誰彼かまわず暴力をふるった。

酔っ払いを、虎になった、泥酔した人を、大虎、などというが。まさに、虎のように暴れた。あだ名も虎おじさん、もしくは虎じいさんだった。

そして舅と夫は、揃って女の問題を起こす。老いらくの恋だかなんだか、若い女に入れ揚げた舅は、その愛人を自宅に同居させようとまでしたのだ。

姑はそれで心を病み、自殺した。夫は人妻に手を出して揉め、彼女の夫に殺された。

母は申し立てをすれば、かなりの財産分与もあったはずだが、

「悪い因縁のついた金など、要らん。とにかく、すべての縁を切りたい」

身重でもあったのに、ほぼ手ぶらで出ていき、一人で呉一を産んだ。母はもう結婚などこりごりで、人の金で豊かな暮らしを夢見てもろくなことにならない、とにかく自分の金で質素に堅実に生きようと決意した。

……自分の出生にまつわる話を聞かされ、いろいろ思うところあったが、母の意志を継いで堅実に生きようと、改めて誓った。

次に会ったら母は相当に弱っていたが、余命を振り絞るようにこんな話をしてくれた。

呉一には内緒にしていたが、婚家を離れて十年くらいしてから、不気味な噂を聞かされた。舅だった人が、本当に虎になっているという。

酒飲みの虎、泥酔者の大虎ではなく、自分を本物の虎と思い込んでしまった。

生肉を喰らい、言葉がしゃべれなくなり、四つん這いでうろつき、唸るか吠えるだけとなり、親族が本物の檻に入れた。さすがに、酒は飲まなくなった。

本物の虎は酒は飲まんと、笑い話にもされていた。

「いろんな女の怨念が合わさって、そうなったんだわ」

痩せ衰えた頬に、母は笑みを浮かべた。

母が逝った日、呉一は嫌な虎の夢を見た。虎が女を襲い、食い殺そうとしている。女は虎に組み伏せられ、首筋に牙を立てられようとしているのに、どこかうっとりとしている。

虎は、愛し気に女を舐め回す。

女は母だ。なぜか虎を、自分の父だと思った。だがそれは母と結婚していた、戸籍では父となっている人ではない。

本当の父は、祖父と見られている虎おじさんではないかと、夢の中ではごく自然にわかっていた。舅と関係していた嫁。それもあり、母は逃げるように婚家を出たのか。

目覚めてからも、耳元に虎の咆哮を聞いた。母の死後、しばらくしてから呉一はかつて母の住んでいた家を探し出し、覗きに行ってみた。

確かに豪邸といっていい家だったが、誰もいないようで、すっかり廃墟と化していた。

虎の祖父も、とうに死んだのだろう。人として死んだか、虎として死んだか。

庭に、大きな檻があった。四畳半ほどもありそうなそれには、何かの獣の毛と、女のらしき髪の毛がこびりついていた。

この髪は母のではないかと、ふとなつかしい匂いを嗅いだ。

緑のショコラおじさん

緑のショコラおじさん。

それは芸人でも漫画などのキャラクターでもない。しかし健治が小学生だった頃、地元ではかなりの有名人で、その呼び名だけで通じた。後に本名も知ったが、彼より年上になってしまった今でも、健治の中ではその呼び名のままだ。

健治が小学生の頃、緑のショコラというお菓子があった。ペパーミント味の緑のクリームを挟んだチョコレートは、子どもにはあまり人気はなかった。

あのおじさんは家から駅前のスーパーまで、欠かさず緑のショコラを買いに行っていた。徒歩で往復すれば、一時間以上かかる。

まさに雨の日も風の日も、時間はそこまで厳密に決まってなかったが、毎日必ず一個だけ買うために歩いているのをよく見かけた。

子ども心にも、無駄な徒労と感じた。一週間分をまとめて買っておけば、週に一度の外

出で済むのではないかと。それを親にいったら、

「あの人は、他にすることはないし。時間だけは無限にあるんから」

と答えられたのを、奇妙なほどよく覚えている。納得できたのもあるが、あのときすでに自分は自分の未来をも重ねて見ていたのか。

緑のショコラおじさんは、地元ではそこそこ良家の子で、高校までは勉強もできたらしい。第一志望の大学に落ちた辺りから、あのようになったとのことだ。

大人しいし問題も起こさず、ただ変わった人と見られていた。浅黒く小太りで、顔もぼってりして無表情で、近寄り難い陰鬱な雰囲気があった。

町にはもっと反社的な男達もいたが、幼い頃から内向的で腕力に自信がなかった健治は、自分がチンピラになるよりは、緑のショコラおじさんになる想像の方が生々しかった。

嫌々ながら塾に通うようになった頃、課題ができてないのを強く思い詰めたときがあった。健治は内に溜め込む性質だったが、ついに限界に達した。

衝動的に、塾への道を引き返した。といって金もなく行く当てもなく、なんとなく雑木林に沿う道を歩いていた。

そのとき後ろから来た車にぶつかられ、うずくまって痛みと怖さに震えていると、停車して男が出てきた。この男について、健治はほとんど記憶がない。

「怪我は大したことねぇな。だけど、病院は行かないとな」

と健治を抱え、後部座席に乗せた。しかし健治は、直感した。このおじさんは、病院になど連れて行ってくれない。自分を殺し、事故を揉み消すつもりだ。

痛みを忘れて死に物狂いで暴れ、車から転がり出ると、雑木林に逃げ込んだ。男の怒声が響く。辺りは他に誰もいない。行き過ぎる車も通行人も、誰も気づいてくれない。

なぜか林の中に、緑のショコラおじさんがいた。無表情に健治の前で緑のショコラを食べつくすと、しぃっと唇に指を当てた。

混乱しながらもうなずくと、緑のショコラおじさんは車道に出て、しばらくして帰ってきた。出てみると、もうあの車はなかった。

「当分、親にチョコレート代は、もらわんでもええわ」

そのまま、緑のショコラおじさんは立ち去った。たぶん、車の男を脅したのだ。

事故ら、その後に子どもを始末しようとしたのも黙っておいてやるから、有り金みんな出せと。何よりも、緑のショコラを買うお金が欲しかったのだろう。

何もかもが恐ろしく、健治は親に話せなかった。その後、緑のショコラおじさんと会うこともなかった。親には、自分で転んで痛くて塾に行けなかった、ということにしておいた。緑のショコラおじさんは、自分にとっていいか悪い人かも、わからなかった。

数か月後、緑のショコラおじさんの首吊り死体が雑木林で見つかった。たぶんあのときも、死ぬ気で雑木林にいたのではないか。

思いがけない事故と事件が目の前で起きて死ぬ気が削がれ、緑のショコラをもう少し食べたいと気が変わり、あんな行動に出たのかもしれない。

緑のショコラおじさんの死を待っていたかのように、緑のショコラは製造中止となった。

それからの健治は、まるで緑のショコラおじさんの後を受け継いだようになった。不登校から、引きこもりにもなった。見た目も、親子みたいに似ていった。

親が相次いで亡くなり困窮し、家を処分した。国から保護費をもらう人達が住める、近隣の古いアパートへ引っ越した。

在りし日の緑のショコラおじさんみたいに、子どもらに気味悪がられながら、スーパーへ行く。しかし緑のショコラおじさんとは、似て非なる行動だ。

総菜が半額になるのは、夕方以降だからだ。緑のショコラおじさんみたいに、いつでも気ままには行けない。それにしても自分は、すっかりあの緑のショコラおじさんに取り憑かれてしまっていないか。だが、祓う方法も思いつかない。

あの頃と変わりない雑木林の前に来ると、当たり屋をやるのは怖いから、車の方から軽くぶつかってくれないかと願う。緑のショコラではなく総菜を昼に定価で買いたい。

ぶつかってきた運転者を脅すしかないが、そろそろ自分からぶつかりに出てみるか。

人豚小屋

物心ついた頃から、瑠美は可愛い賢いといわれていた。地方の小さな町ではアイドルで、瑠美見たさに隣町や別の学校から来る男子もいたほどだ。しかしある時期から、「平凡な容姿と頭に生まれて来た方が、気楽で良かったかもしれない」と、ため息をつくようにもなった。我が校のアイドル、ミス×町といわれるほどなのに、その父ときたら職を転々とし、働かないときの方が多い。ずばり、家は貧乏だ。母もたまにパートに出るが、パチンコ店に入り浸りだ。家の中もそんな家族が住むに相応しく、ゴミ屋敷状態。見かねた近所の祖母が、家事をしに来ていた。

父親違いの兄は刑務所を出たり入ったり、腹違いの姉は反社会的組織の男の愛人だ。何より本人が賢い可愛いといっても、県内トップというほどでもなく、芸能人にスカウトされるほどでもない。このまま田舎町にいれば、そこそこちやほやは続くとしても、うんざりする親や兄姉からは逃れられない。

背景を知られたら、玉の輿もないだろう。みんなのアイドルでいるため特定の彼氏は作らないようにしていたが、強引な男や不良とは、関係を持たされてしまった。あんなのと一緒になって田舎でだけ威張るなんてのも、みじめったらしい。

では都会に出るかとなれば、それもためらい続けた。都会には遥かに賢く美しく、高学歴で家も富裕な女が星の数ほどいる。自分など、地味な女でしかない。それも嫌だ。

高校まではそれでも、輝かしい未来があるかもと夢は見られたが。有名大学に入れるほどでもなく、バイトしながら専門学校にでも通うかと親にいわれたときから、なまじな容姿と頭に悩むようになった。

「宝の持ち腐れになるなら、最初から宝は要らないわ」

賢かったのに、しょぼい末路、とか。あのオバサンああ見えて昔は可愛かったのよ、みたいなことを田舎町でいわれ続ける未来が、どんどん現実味を帯びてくる。

そんな訳で結局、高校を出た後は一か八かで都会に出てみることにした。きれいな子しか採用しないとされるカフェとガールズバーに入り込め、まずは安堵した。

やがてキャバクラ、パパ活などもしながら小ぎれいなワンルームに住み、まずまず都会の華やかな美女の暮らしはできるようになった。

同じマンションに住む、一回り上の奈穂子となんとなく立ち話をするようになり、初めて一緒に食事に行き、身の上を聞かされた。なんだか親近感と、少し恐怖感を持った。まるで自分みたい。そして、自分もこうなるのか。

隣の県の出身だから言葉の訛りも近い奈穂子は、田舎町では才色兼備といわれていたが、いろいろ勝負かけたくて家出してきたという。

結局は悪い男に次々だまされ、風俗嬢にもなった。やっぱりな、という感じだ。

「今は素敵な旦那がおって、やっと幸せになれた。なぁ、旦那に会うてよ」

瑠美は二階、奈穂子は三階に住んでいた。初めて三階に上がってドアを開けた途端、来たのを後悔した。自分の実家もなかなかのゴミ屋敷だったが、上には上が、いや、下には下がいるというべきか。足の踏み場もない異臭が漂う部屋に、人豚がいた。

おそらく軽く百キロ、いや、もしかしたら二百キロを超えているかもしれない男が全裸で、ゴミに埋もれている。初め、本当に巨大な豚がいると足がすくんだ。

豚ではないからテレビを観ながらお徳用袋のスナック菓子と、バケツみたいな容器に入ったアイスクリームを交互に貪り、一リットルのジュースをがぶ飲みしていた。

肩より伸びた髪は脂ぎって固まり、いろんな食べ物が付着した髭に顔は覆われ、だいぶ寒くなってきたのに体は虫食い痕だらけだ。

どのゴミよりも汚く臭いのが、こいつだった。

極度の肥満体でゴミに埋もれているから、おぞましい部分は隠れているが、あまりの衝撃に固まってしまった。しかもそいつは瑠美に気がつくと、にたぁと笑い、

「チン×見る？　見たらあんたのそこに入れさせてくれよ、ゲヘヘッ」

とんでもない第一声を発したのだ。見た目は酷くても金があるとか性格が良いとか教養があるとか、一瞬そう考えた瑠美は自分を殴りたくなった。

どう見ても無職だし、とうてい金があるようにも思えず、しかも下品でバカとしかいいようがない。急用を思い出しましたと、逃げ出した。

しばらくは奈穂子に会うのも怖かったが、同じマンションなのだ。ついにまた会ってしまったとき、満面の笑みを向けられた。

「素敵でしょ、彼。あたしの故郷じゃ超イケてて、憧れてたの。あきらめられなくて彼を追ったのも、上京の理由の一つね。しばらくして、彼の方から連絡あったのよ」

瑠美の口で、あいつは完全に人と豚の合わさった生き物になっていた。彼が豚の妖怪に取り憑かれているのか、本人が妖怪化して奈穂子に取り憑いているのか。

「再会したら全っ然、変わらんし。もっと素敵になってたわ」

あれは過去の栄光を捨ててああなったのか、今も過去の栄光の幻の中にいるのか。奈穂子もあれに過去の彼を重ねているのか、あの人豚そのものを素敵と見ているのか。

とりあえず、あんなものに取り憑かれる前に田舎に帰ろうと瑠美は決意した。

郷内心瞳（ごうないしんどう）

実録憑依譚

「わたし、なんかとり憑いてませんかね？」
二、三杯引っかけた、ほろ酔い気分のにやけ面で、今まで何べん尋ねられてきたことか。正確な数は把握していないが、少なくとも両手の指では間に合わないぐらいの数には上る。
「自分にお化けがとり憑いていないか？」という主旨の問いかけである。質問者の大半は好奇の目が光るにやけ面とともに、両手を胸元辺りでだらりとぶらさげながら尋ねてくる。仕草が意味するところはふたつ。ひとつには、ステレオタイプ的な幽霊像を模したポーズ。もうひとつには、何かが両肩を掴んで負ぶさる手つきを示すポーズである。

尋ねられるのは概ね、怪談イベントが終演してから居酒屋などで催される「懇親会」と称した呑み会の一席だった。イベントの主催者、出演者の他、イベントに参加した客らも任意で参加できるという呑み会である。質問を投げてくるのはいつも客側の参加者だった。

誰もが本気で尋ねてきているのではないというのは、先に二回挙げた「にやけ面」という形容からして明白だろう。仲間内でトランプに興じる時に浮かんでくるような笑みである。

私が拝み屋などという特異な稼業を営んでいるからこそ向けられてしまう質問なのだが、真剣味がないという問題以前に、どうかTPOをわきまえてほしいという思いも多々あり、正直なところ、訊かれるたびにうんざりさせられていた。呑みの席で楽しむのは結構だが、こうした問いかけはNGである。本職の拝み屋を相手に面白半分で訊くべきことではない。誰それに何が憑いているだの憑いていないだのという鑑定結果は、酒宴を賑やかすための余興になるべきものではないし、私の鑑定眼も宴会芸の一種ではない。

私としては幸いなことに二〇二〇年の初春に始まったコロナ禍を境にして、怪談関係のイベントが軒並み自粛となったことで、こうした宴席に参加させられることもなくなった。元々人見知りが激しく、大勢でわいわい騒ぐのが苦手な身としてもありがたいことだった。

緊急事態宣言終了が発表された二〇二三年以降も、活動を再開し始めた怪談関係者から不定期にイベント出演の打診は来るのだが、あれこれ理由をつけては断るようにしている。酒席に付き合うのは億劫だし、公の場に出て何かを語りたいという欲求もないからである。おりおりに語るべきことは一律活字で表わしていくほうが、私の場合に性に合っている。

閑話休題。ところで私に「なんかとり憑いてませんかね？」と尋ねてきた人たちのうち、本当に何かがとり憑いていたのは、これまで何人ぐらいだったかお分かりだろうか？

答えはゼロ。誰ひとりとして、お化けのたぐいにとり憑かれている者などいなかった。

尋ねてきたほうも、自分に何かがとり憑いているなどとは思っていなかったのだろうが、本職の私としては、こうした質問を向けられた時点で相手が「シロ」であるということが判別できていた。なぜならば本当に何かにとり憑かれている者というのは、自分の口からこうした質問をさせられなくなってしまうのが常だからである。そもそも身体のどこかに何かが張りついたり、身体の中に何かが入りこんだりしてしまう「憑依状態」というのは、大概の場合において心身の消耗が著しく、人によっては自分の意志でどこかに出掛けたり、気晴らしをしたりすることすら困難になってしまう場合もある。怪談会が終わったあとの呑み会に参加できる気力がある時点で、こうした疑いがないことはすでに明白なのである。

割かた勘違いをされている方が多いのだが、「憑依」されているというのは先に挙げた、生身の人の身体にこの世ならざるものが張りついたり、入りこんだりしている状態を指す。そうしたものが、例えば住まいのどこかしらに居座っていたり、一定の距離間隔を保って付き纏ったりしている場合は、厳密な意味合いで「憑依されている」とは言わない。

ちなみに「なんかとり憑いてませんかね?」の質問において、何がしかの怪しいものに付き纏われていた人物も皆無だった。これも一応、紛れもない事実として付け加えておく。

「憑依」という事象は、本書のような心霊、怪談関係の読物や映像作品において普遍的なテーマとなっているため、この手のジャンルの愛好家にとってはよくよく慣れ親しまれた事象であることは明らかである。だがその半面、憑依に関する正確な知識をお持ちの方や、実地でその状態を目の当たりにした経験があるという方は、どれほどおられることだろう。前者については測りかねるのだが、後者に関しては多めに見積もってもおそらくのところ、せいぜい一割程度というのが、私自身の見立てである。

本書は「憑き物」が主題のアンソロジーとのことなので、またとない機会かもしれない。長らく拝み屋を営む私が仕事の中で手掛けた「憑依」にまつわる生々しい実体験の詳細をつまびらかにしつつ、その性質に関して逐一解説していくことにしよう。

事象全体としてかなり激しく、なおかつ、もっとも分かりやすいであろう一例である。

今から十年以上も前、二〇一二年の夏場だったと思う。深夜の一時が半分近くも回った遅い時間に電話がかかってきた。相手は森山（もりやま）さんという四十代の男性で、以前に二度ほど私のところへ対人関係の相談に訪ねてきたことがある人だった。

「夜分に恐れ入ります」というのが森山さんの第一声だった。声音にひどく上擦っていた。

よもやこんな時間帯に対人関係の悩み相談でもあるまい。思いながら耳を傾けていると案の定、緊急を要する打診だった。

二十分ほど前から、小学二年生になる娘が錯乱状態に陥り、暴れ続けているのだという。娘の名前は水希(みずき)ちゃんという。両親の寝室で布団を並べて寝ていたところを突然起きだし、その後は奇声をあげつつ、家の中を駆けずり回った。

異変に気づいた森山家の面々――森山さんを始め、彼の奥さん、小学五年生になる長男、水希ちゃんの祖母――が動きを封じにかかったものの、水希ちゃんの発する力は凄まじく、思いどおりに押さえつけておけないそうである。

娘のあまりにも尋常ではない様子に、初めは救急車を呼ぼうとしたと森山さんは語った。けれども一一九番にコールする前に「待てよ」と思い直したのだという。

半狂乱になって暴れる水希ちゃんは、本人の声ではない声で、本人とは思えないような言葉を使って喚いていた。森山さん曰く、昔のお武家さんが喋るような言葉遣いだという。

「それで『もしや』と思いまして、ご判断をお願いしたいと考えたんです……」

というのが深夜に森山さんが私に連絡をよこした要件である。確かに電話の向こうでは、年齢不詳の低い声がしきりに何かを喚き散らしているのが聞こえてくる。

一応、形式どおりに「我が家まで連れてこられそうでしょうか？」と尋ねてみたのだが、答えはすかさず「NO」だった。暴れ方が普通ではないため、車に乗せて移動させるのは、かなり厳しそうだという。これまでも同じ要件で連絡をもらったケースは何度もあったが、

「ＹＥＳ」と答えた依頼主は数えるほどもいなかったので、別に落胆することもなかった。

「承知しました」と応え、今すぐこちらが現場へ向かう旨を伝える。

森山さんの家までは車で三十分ほどの距離だった。田園地帯の片隅に立つ一軒家である。深夜二時を少し過ぎた頃に無事たどり着く。

門口から敷地の中へ入りこみ、適当な場所に車を停めて玄関口へ向かった。チャイムを鳴らすと、中から「どうぞ」と森山さんの声が聞こえてくる。ドアの向こうからではない。微妙に遠い距離からだった。

構わず「ごめんください」と返してドアを開けると、目の前の上がり框にパジャマ姿の水希ちゃんが座っていた。正座の姿勢で瞑目し、両手を膝の上に乗せている。

「何をしに参った？」

私が後ろ手に玄関ドアを閉め直すや、水希ちゃんが言った。厳密には水希ちゃんの中に入りこんでいる何者かが言った。五十絡みと見做していいほど、野太く低い声だった。

「供養と魔祓い、どっちがいい？」

問いかけには応じず、こちらが果たすべき対応を二択で迫る。向こうも質問には答えず、「ふふふ」と濁った笑い声をあげると、瞑目したまま立ちあがり、こちらに背中を向けた。続いて「どすどす」と床板を大仰に踏み鳴らしながら、上がり框の脇にある開け放たれた引き戸の向こうへ入っていく。

　供養とお祓いの二択は、私が独自に定めた「入りこんでいる者」に対する第一声である。声には相応の念と圧もこめて発するため、多くを語らずとも相手に言葉以上の意味合いが伝わるようになっている。相手が本気で供養を望んでいるなら、向こうもその後は余計な言葉を繰りだすことなく、短い答えで素直に供養に応じてくれる。あとは要望にしたがい供養の経を誦(ず)するだけで、憑依した者の身体から綺麗さっぱり消え去ってくれる。

　一方、相手が二択の答えを突っぱねて、あれやこれやと戯言(たわごと)を吐き連ねてきた場合には即刻、魔祓いのほうへと移行する。

　その後、相手の主張には一切耳を傾けることはしないし、何を訊かれようとも応じない。たとえ薄汚い言葉で罵られようが、涙声で命乞いをされようが、いずれも無視したうえで「滅却」のみを目的とした魔祓いの行へと移行する。

　理由については、映画『エクソシスト』の劇中で示された道理と大差のないものである。西洋の悪魔と同じく、日本の怨霊や魔性と呼ばれる存在たちもまた、生身の人間たちとの会話に臨む場面では、おりおりに狡猾な悪知恵を発揮するものなのだ。

　たとえば真実を基にした話の中に嘘を織り交ぜて、相手の心に揺さぶりをかけてみたり、その場に居合わせた者同士に疑心暗鬼の念を抱かせてみたり、遣り口は総じてえげつない。

ゆえに聴き入ることはタブーだし、相手が投げかけてくる質問などにも答える必要はない。仮に相手が猫撫で声で何かを懇願してこようとも、これにも決して耳を貸してはならない。たとえ応じたところで、こちらの善意を最大限、裏切る形で答えを返してくるだけである。

ちなみに私が懇意にしている元霊能師の女性はその昔、火事で焼け死んだ子供を称する怨霊と対峙した時に（二十代の若い女性にとり憑いた）、「水が飲みたい……」と懇願する相手の要望にしたがい、危うく指を噛みちぎられそうになったことがある。

水を注いだコップを相手の口元まで近づけた瞬間、がぶりと噛まれてしまったのである。もう少しで骨が見えそうになるほど強く噛まれた彼女の左の人差し指には、今でも当時の惨劇を物語る噛み傷の痕が薄っすらと残っている。

こうしたことも当たり前のように起こり得るからこそ、まともに相手をすべきではない。

さて、引き戸の向こう側に消え去った水希ちゃんを追って、私も引き戸をくぐり抜ける。中はダイニングと一間に繋がったリビングになっていた。フローリングの床板が張られた足元の方々には、蓋が開いて中身が派手に散らばったインスタントコーヒーの大瓶を始め、湯呑み茶碗や財布、スタンドミラー、写真立てといった小物類が散乱している。

いずれもリビングの片隅に押しやられたローテーブルと、壁際に立つチェストの上から吹き飛ばされた物とおぼしい。事情を知らなければ、夫婦喧嘩で生じたような光景である。

リビングを荒らした犯人は部屋のまんなか付近に突っ立って、相変わらず瞑目したまま、閉ざした目蓋越しに私のほうを見つめていた。口元には得意げな笑みが浮かんでいる。

水希ちゃんを除く森山家の顔ぶれは、ダイニングのほうにいた。キッチンカウンターの陰から顔や半身を突きだす恰好でこちらの様子をうかがっている。

森山さんは私と目が合うと、引き攣(つ)った形相のまま「どうも……」と会釈をしてくれた。私も右手をあげて「どうも」と返したのだが、続く言葉をだそうとしかけた時に折悪しく、水希ちゃんの「中身」が口を挟んできた。

「面白い。見物ぞ。貴様ごときに何ができるというのか、せいぜいやってみるがいい」

下卑た笑顔でこちらを見あげながら、余裕に満ちた悪罵(あくば)を浴びせてくる。

私のほうは言葉で答えを返す代わりに、あげっぱなしにしていた右手の形を整え直した。まっすぐ伸ばした人差し指と中指をぴたりとくっつけ、それ以外の指を手のひらに畳んだ、魔切りの印を表わす形である。ぴんと突き立てた二本の指先を鼻面のほうに向けてやると、水希ちゃんの「中身」は寸秒置いて、微妙にうろたえるようなそぶりをちらつかせたあと、続いて背後に向かってゆっくりと後ずさりを始めた。

「悪いんですけど、押さえてください」

カウンターの裏からこちらを見あげる森山家の面々に助力を願う。彼らは先ほどまでも私が頼んだことを自発的にしていたはずだが、その初めての経験が早くも心の傷となって及び腰になっているようだった。その間に水希ちゃんの「中身」は徐々に足取りを速めて、リビングの南側に面した掃き出し窓のほうへ身を近づけようとしていた。

ここで娘の怪しい足取りをうかがっていた森山さんが、今後に続く動きを察したらしく、素早い身ごなしでカウンターの物陰から飛びだしてくる。そこから突進するような勢いで水希ちゃんのほうへ駆け寄るとうしろから両腕を回し、羽交い締めにする恰好で窓辺から身体を引き離した。「放せ！」と太い叫び声をあげながら身を捩らせる水希ちゃんの手は、二枚のカーテンに閉ざされた掃き出し窓のまんなか辺りに向かって伸びている。

ちょうど、窓を施錠しておくクレセント錠がある辺りである。水希ちゃんの「中身」はクレセント錠のロックを外して、外に飛びだしていこうとしていた。

「できれば、うつ伏せの姿勢で寝かせてもらえますか？」

暴れる水希ちゃんを抱えながら後退する森山さんに声をかける。森山さんはリビングの中央に敷かれているカーペットの上まで来ると、慎重な動きで水希ちゃんを寝かせ始めた。

私のほうは、カウンターの陰にいる奥さんと小学五年生の長男、祖母にも再び声をかけ、必要な物を用意してもらったうえで拘束の手伝いを願う。

私が所望したのは、円筒形に丸めたおしぼりだった。奥さんに頼んでうつ伏せにされた水希ちゃんの口に噛まさせる。

続いて身体の各部を一家四人で押さえてもらった。長男は腰の上にまたがらせ、背中で後ろ手に組ませた水希ちゃんの両手を掴んでいてもらう。森山さんは頭の両脇、奥さんは首筋から肩甲骨の辺り、祖母は両脚を膝のところでそれぞれ押さえこんでもらう。

これで最低限の拘束は完了である。ちなみに私自身は常の習いとして、憑依状態にある人物を始め、相談客の身体にはよほどの事情がない限り、指一本触れないようにしている。理由は暴行や猥褻目的といったあらぬ誤解を、あとから招かないようにするためである。

一家四人に全身を押さえられた水希ちゃんの「中身」は、それでも頻りに身を捩らせて野太い呻き声をあげ続けてはいたが、無理やり噛まされたおしぼりのせいで時代がかった台詞を発することはできなくなった。おしぼりを吐きだそうとしても森山さんか奥さんのどちらかがそれを阻止するので、なまじに足掻いたところで無駄というものだった。

おしぼりを噛ませてもらったのは、水希ちゃんの「中身」から言葉を奪うためではない。万が一の際に舌を噛み切らせないようにするための予防策である。

質の悪い憑き物というのは、分が悪くなったと判じると憑依した人間の生命を物理的な手段で絶ちに掛かることが多い。というより、こうした暴挙に出るのが確実だと見越して、あらかじめ講じられるだけの防護策を講じておくに如くはないのだ。憑依された者の身に取り返しのつかない被害が出てからでは遅すぎるのである。

早い遅いの問題に関して言うなら、魔祓いが完了するまでの時間も肝心だった。

理想はできれば五分から十分の間。ぎりぎり許容範囲と見做せる時間は概ね三十分前後。これを過ぎると生身の身心にかかる負担が大きくなりすぎる。憑き物が人の身体を操って本気の力で暴れる際の動きというのは、その一部始終において生身の人の意思や努力ではおよそ実現不可能な凄まじさを伴うものである。

許容時間内に魔祓いを経て、身体の中から憑き物を消し去ったとしても、憑かれた者は数日単位で寝込むのがザラ。許容時間を過ぎれば過ぎた分だけ、それに正比例する割合で回復するまでに要する期間が長引いてしまうし、事と次第によってはなんらかの後遺症が現れなくもない。

だからこそ、憑き物落としを手掛ける際は、短期決戦が肝になってくる。憑き物たちが繰りだす怪しい言葉に一律耳を傾けないのは、こうした事情もあるからである。

たとえ相手が激しく暴れ回ることをしなくても、身体に居座られる時間が長引くだけで、とり憑かれた者には相応の負担が増していく。そうした意味でも滅却までに要する時間は一秒でも短いに越したことはないのだ。

「しっかり押さえていてください」と森山家の面々に念を押し、急いで対応に取り掛かる。

魔切りの印を結んだ指先を水希ちゃんの後頭部に向け、魔祓いの呪文を唱え始める。

同時に水希ちゃんの「中身」も、おしぼりを噛みしめた歯の間から「うー、うー！」とくぐもった呻き声を漏らしだす。なおも呻きながらおしぼりを吐きだそうとはするのだが、そうした動きを認めると、森山さんと奥さんがすかさず水希ちゃんの口元へと手を伸ばし（噛まれぬように細心の注意を払いつつ）、おしぼりの位置を整える。

他にも水希ちゃんの「中身」は盛んに身を捩り、森山家の拘束から逃れようとし続けた。全身を左右にうねうねとくねらせる蛇のような動きである。各々が担当するポジションを押さえつけながら四人の家族に浮かぶ形相は、いずれも苦悶の滾りに満ち満ちていたので、憑き物が相当な力で身をくねらせていることは容易に察することができた。

こうした露骨に激しい抵抗は、魔祓いの呪文が有効に作用しているという証明でもある。呪文を唱える語気をさらに強めて、追いこみをかけていく。

そこから二分前後が経った頃だろうか。憑き物の動きに変化が生じた。

左右にくねっていた身体が、今度は上下に波打ち始める。尺取虫を思わせる動きである。波打ちは一巡するごとに勢いを増し、腰の上にまたがる長男の身体を小刻みに跳ねあげる。そこからうつ伏せに寝かしつけられていた身体が突然、宙に浮かんだ。

海老が跳ねるような具合に「ぼん、ぼん、ぼん」と合計三回。

カーペットの上から目算でおよそ十センチ。四人の家族に全身をきつく押さえこまれた状態で、水希ちゃんの身体は宙に跳ねあがった。

一家の口から次々と調子っぱずれな声が絞りだされる。それは仕方のないことなのだが、先に交わした約束を破られるのは困る。

「押さえたままでいてください」

うろたえ始めた拍子に、身体の各所を押さえつけている手の力を緩めてほしくなかった。小さな身体が海老反りの恰好で何度かバウンドしたにしても、事がこの程度で済んだのは、四人がかりで身体を押さえこんでいたからである。

下手に力を抜かれると、今よりさらに突拍子のない動きをされかねない。無茶な動きをされればされるほど、水希ちゃんの身体にかかる負担もそれだけ大きくなってしまう。

一家がどうにか気を取り直すのを見計らいつつ、魔祓いを再開。呪文を唱えるさなかも水希ちゃんの「中身」は「うーうー！」と呻きながら、件の海老反り跳ねをもう二セット、軽々とやってのけた。冷や冷やするほど盛んなパフォーマンスである。

それでも粛々と魔祓いの呪文を唱えていくうちに、身体の動きはゆっくりとではあるが着実に鎮まっていくのが見て取れた。三セット目の飛び跳ねは試みる気配を見せただけで失敗に終わり、呻き声もしだいに小さく、か細いものに変じていく。

外面上の様子をうかがう限り、憑き物は紛れもなく勢いを弱め、そろそろ身体の中から消え失せるサインが現れだしている。だが、終わりがちらつき始めても油断は禁物である。なぜならこうした隙を突くようにして、新たな暴挙に出る場合があるからである。

思ったそばから案の定、憑き物は行動に出た。天井に後頭部を向ける水希ちゃんの首が、ぐぐぐと右に向かって捩れ始める。

頭部はなおも森山さんが必死で押さえこんでいたが、それでも頭部は機械じみた動きで右へとゆっくり捩れていく。何が起きようとしているのかというと、頭部を一回転させて首の骨をへし折ろうとしているのだ。

舌を噛み切る代わりの暴挙である。瀬戸際まで追い詰められた憑き物たちは最後の力を振り絞るようにして、こうした具合に憑依した者の首を一回転させようとする場合も多い。だから身体を押さえてもらう役割分担を決める際には、いちばん腕っぷしが強そうな者に頭部の保持を担当してもらうようにしている。

とはいえ実際に首が回り始めると、ひとりの力で阻止することは難しいのが大半である。この時も森山さんの腕だけでは、首の動きを完全に封じることはできなかった。

すかさず肩の辺りを押さえていた奥さんに声をかけ、首のほうに手の位置を変えさせる。奥さんが水希ちゃんのうなじに両手を押し当てたのを見計らい、私のほうは渾身の大声で魔祓いの呪文を三セット、間に不動真言などを織り交ぜながら一気呵成に唱えあげた。

終わったところで静寂。水希ちゃんの唸り声が収まり、身体の動きも完全に止まった。

「大丈夫?」と呼びかけると、一拍置いて「うう……」と細い声が返ってきた。

先刻までとはまったく違う、小学二年生の女の子らしいキーの高い声である。

「収まりました」と森山さんたちに宣言し、拘束されていた小さな身体を解放してもらう。

水希ちゃんはふらふらしながら上体を起こし始めたのだが、途中で動きが止まってしまい、あとは奥さんの膝の上に抱きあげられる形となった。

消耗はかなり激しそうに見受けられるも、森山さんたちの問いかけに一応答えることはできたので、過度な心配は不要と判じる。滅却までに要した時間は十分ほどだった。

彼女の身に何が憑依していたのかについては、よく分からなかった。水希ちゃん本人を含め、森山さんたち家族にも特にこれといって心当たりになるものはないとのことだった。

先ほどまでの口ぶりから「侍の霊でしょうか?」などとも尋ねられたが、ああした連中は素性も込みで嘘を平気で騙るので、単に「侍風の人物」を装っていた可能性も考えられる。

「分かりません」と答えるしかなかった。

こうしたやりとりをしながらリビングの方々へ視線を巡らせていると、玄関側に面した壁の上に茶色い染みが点々と連なっているのが目に入る。染みは小さな足の形をしていて、床から右上に向かう放物線を描く形で、一メートルほどの長さに延びていた。

森山さんに尋ねると、私が到着する少し前に水希ちゃんがつけた足跡なのだという。

太い叫び声をあげながら、素早い足取りでリビングを駆けずり回っていた水希ちゃんは、その過程において壁の上まで走ったそうである。時間にすれば数秒程度の出来事だったが、身体を水平にした恰好で足の裏をしっかり壁に張りつけて走ってみせた。壁面に残された足跡が茶色いのは、床に散らばるコーヒーの粉を踏んだうえで走ったからだそうである。

森山さんの「覚えてるか?」の問いに対して水希ちゃんは、壁の上を走った一幕も含め、「何も覚えてない」と答えた。それを聞いて私は不幸中の幸いだったと思う。

憑依下における意識レベルについては、その渦中に起きた全てのことを憑かれた本人が細大漏らさず覚えている場合と、何ひとつ(ないしはほとんど)覚えていない場合の概ね二パターンに分かれる。

私としては我が身を傀儡のように使われまくった時の記憶など、できれば一片たりとも残っていないほうが、その後の精神衛生上においては望ましいものだと感じるほうである。ましてやそれが小学二年生の女の子となれば、なおさらのことである。

ちなみに私も過去に何度か憑依状態に陥った経験があり、渦中の記憶の保持についてはおよそ半々という結果だった。僅差で「覚えている」ことのほうが多いという感じである。

自分の身体を好き勝手に動かされるというのは、誰にとっても不快な経験になると思う。憑依されている間に他人を傷つけるようなことがあれば、精神的なショックも倍増するし、無事に憑き物が身体から抜けても、その後に生じる心身の疲弊も別の意味合いで凄まじく、万事において踏んだり蹴ったりの思いをさせられる。

この日に手掛けた水希ちゃんも翌日から一週間近く臥せることになった。心配していた後遺症のたぐいが出ることはなかったので、その点に関しては御の字だったといえる。

後遺症というのは具体例を挙げると、思考能力の低下や五感の鈍化などが割合的に多い。一時的な症状が大半を占めるのだが、それでも回復までに要する期間は個人差があるため、できれば現れないでほしいと願いながら、毎回事に当たっている。

さらに加えてもう一点、後遺症として厄介なのは、身体に癖がついてしまうことである。正式名称はないようなので、ストレートに「憑かれ癖」とでも言い表わそうか。こちらも個人差があって癖がつく人はごく少数なのだが、一度身体に憑き物が入りこんでしまうと、目には視えない「侵入口」が身体のどこかにできあがってしまうのか、その後も不定期に様々な憑き物が体内に入りこんできてしまうケースもある。こちらも心身にかかる負担は相当なものとなるため、できれば回避してほしいと毎回願うことである。

以上。二十年以上も憑き物落としを手掛けてきた身として、具体的な実例を交えながら

「憑依」という事象に関するあらましを説明させてもらった。

これまでに軽く三桁台の憑き物落としに携わってきた実績を踏まえて思いを述べるなら、誰にもこんな思いは経験してほしくないというのが、嘘偽りのない本音である。

できれば憑依状態にある誰かの姿を見る機会さえ、一生ないに越したことはないと思う。森山家の面々もそうだったが、一度目の当たりにしてしまったら一生忘れられない衝撃を受けると、その場に居合わせた方々は口を揃えて語っている。

誰かの身体に入って動きを表わし、言葉を発する「憑依」の状態とは、視点を変えればいわゆる霊感のたぐいを持ち得ない者にもしっかりとその動向が視覚化されて認識される、極めて刺激の強い事象である。

私も怖くて、できれば何かにとり憑かれた人たちの姿など目にはしたくないのだけれど、それでも仕事を通じて、最低でも年間で五人前後は憑き物落としの依頼を受け続けている。場数を踏んでそれなりに要領は身につけど、それでも手掛けるときに感じるおぞましさが薄まることは未だにない。

岩井志麻子

いわい・しまこ

岡山県生まれ。一九九九年、短編「ぼっけえ、きょうてえ」で第六回日本ホラー小説大賞を受賞。同作を収録した短篇集『ぼっけえ、きょうてえ』で第13回山本周五郎賞を受賞。怪談実話集としての著書に「現代百物語」シリーズ、『忌まわ昔』など。共著に『凶鳴怪談』『凶鳴怪談 呪憶』『女之怪談 実話系ホラーアンソロジー』『怪談五色 死相』など。

蛙坂須美

あさか・すみ

Webを中心に実話怪談を発表し続け、共著作『瞬殺怪談 鬼幽』でデビュー。国内外の文学に精通し、文芸誌への寄稿など枠にとらわれない活動を展開している。著書に『怪談六道 ねむり地獄』、共著に『怪談七変幻』『怪談番外地 蟲毒の坩堝』『実話怪談 虚ろ坂』『実話奇彩 怪談散華』など。

雨宮淳司

あめみや・じゅんじ

医療に従事する傍ら、趣味で実話怪談を蒐集する。『恐怖箱 怪医』で単著デビュー、続く『恐怖箱 怪癒』『恐怖箱 怪痾』で病院怪談三部作を完結させた。その他主な著作に『怪談群書 墜落人形』、共著に『怪談七変幻』など

牛抱せん夏

うしだき・せんか

怪談師。現代怪談、古典怪談、こども向けのお話会まで幅広い演目を披露する。著書に『実話怪談 呪紋』『実話怪談 幽廓』『呪女怪談』『呪女怪談 滅魂』『千葉怪談』『百怪語り 冥途の花嫁』『百怪語り 蛇神村の聲』『百怪語り 螺旋女の家』など。

クダマツヒロシ

くだまつ・ひろし

兵庫県神戸市出身。兄の影響でオカルトや怪談に興味を持ち、幼少期から現在に至るまで怪談蒐集をライフワークとしている。二〇二二年から怪談を語る活動を開始。単著に『令和怪談集 恐の胎動』、共著に『怪談七変幻』『投稿 瞬殺怪談』など。

郷内心瞳
ごうない・しんどう

宮城県出身・在住。郷里の先達に師事し、二〇〇二年に拝み屋を開業。憑き物落としや魔祓いを主軸に、各種加持祈祷、悩み相談などを手掛けている。二〇一四年『拝み屋郷内 怪談始末』で単著デビュー。「拝み屋備忘録」「拝み屋怪談」「拝み屋異聞」各シリーズなどを執筆。共著に『黄泉つなぎ百物語』『怪談四十九夜 地獄蝶』『予言怪談』『たらちね怪談』など。

Coco
ここ

京都府出身。怪談師兼ホラープランナー。「京都怨霊館」「大阪都市伝説 赤い女」などお化け屋敷をプロデュース。TikTokのフォロワー数は30万人を超える。怪談最恐戦二〇一九大阪予選に出場。著書に『おかるとらべる 365日ホラー旅』『怪談怨霊館』、共著に『投稿 瞬殺怪談 怨速』など。

神薫
じん・かおる

現役の眼科医。『怪談女医 閉鎖病棟奇譚』で単著デビュー。『怨念怪談 葬難』『骸拾い』『静岡怪談』など。共著に「怪談四十九夜」「瞬殺怪談」各シリーズ、『病院の怖い話』『村の怖い話』など。

響洋平
ひびき・ようへい

京都府出身。クラブDJ・ターンテーブリスト・怪談蒐集家。都内主要クラブを始めパリ・シカゴ・ウラジオストク・上海など海外でのDJを展開する傍ら、怪談蒐集家として活動。音とアートと怪談を融合した気鋭の怪談ライブをプロデュースする他、怪談系トークライブ、TV番組や映像作品への出演等、その活動は多岐にわたる。著書に『地下怪談』シリーズ、共著に『現代怪談 地獄めぐり 無間』など。

冨士玉目
ふじ・たまめ

怪談蒐集家。普段はサラリーマンとしてこっそり生きている。最近知り合いの不幸が妙に多いので、これ以上の深入りは大丈夫なのかとちょっと逡巡している。著書に『魂消怪談 怪ノ目』、共著に「怪談四十九夜」シリーズなど。

★読者アンケートのお願い

本書のご感想をお寄せください。
アンケートをお寄せいただきました方から抽選で
5名様に図書カードを差し上げます。
（締切：2025年4月30日まで）

応募フォームはこちら

憑き狂い 現代怪談アンソロジー

2025年4月7日 初版第1刷発行

著者…………岩井志麻子 蛙坂須美 雨宮淳司 牛抱せん夏
…………クダマツヒロシ 郷内心瞳 Coco 神薫 響洋平 冨士玉目
デザイン・DTP …………延澤 武
企画・編集 …………Studio DARA

発行所…………株式会社 竹書房
〒102-0075 東京都千代田区三番町8－1 三番町東急ビル6F
email：info@takeshobo.co.jp
https：//www.takeshobo.co.jp
印刷所…………中央精版印刷株式会社